眼球綺譚

綾辻行人

角川文庫
15512

——彼女らに——

Histoire d'oeil

Contents

Histoire d'œil

再生

Ayatsuji Yukito

私の眼前には今、妻、由伊《ゆい》の身体《からだ》がある。

暖炉の前に置かれた古い揺り椅子の上に、彼女はいる。結婚前に私がプレゼントした白いドレスを華奢《きやしや》なその身にまとい、坐《すわ》っている。人形のように行儀よく足を揃え、両手を肘《ひじ》掛けにのせてじっとしている。

この部屋のこの椅子に彼女を坐らせ、自分はその手前の絨毯《じゆうたん》の上に寝そべり、暖炉の火を眺めながらとりとめもなく話をするのが、私は好きだった。彼女もまた、私と同様にそんな他愛《たわい》もないひとときを好んだ。

しかし、今……。

外ではひどい雨が降っている。人里離れた山中に建つこの別荘を外の世界から切り離してしまおうとでもいうように、そうして私たち二人を凍りついた時間に閉じ込めてしまおうとでもいうように、冷たく激しく降りしきっている。

部屋には、私が飲んだウィスキーの空壜《あきびん》が幾本も転がっている。毛足の長い亜麻色の絨毯はあちこち、こぼれた酒や煙草の灰で汚れている。——何とも荒《すさ》んだありさまだ。

酒に酔った私は、ときどき現在の状況を忘れ、呂律《ろれつ》の回らぬ舌で由伊に話しかける。けれど彼女は、何を応《こた》えることもない。応えてくれるはずがない。頷《うなず》いたり表情を変化させたりすることもない。

　当たり前だった。

　今ここにいる彼女の身体には、顔がないのだから。頭がないのだから。口を利けるはずもなければ表情を動かせるはずもない。

　これは冗談でも比喩《ひゆ》でも何でもなく、文字どおり、首から上がそこには存在しないのである。私がこの手で、それを切り落としてしまったのだ。

　そして、私は待っているのだった。ひたすら待ちつづけているのだった。

　彼女のその身体から新しい首が生えてくるのを。

＊　＊　＊

　私が由伊と出会ったのは今から二年前——私が三十八歳、彼女が二十一歳の年の、ある秋の日のことだった。

　そのころ私は鬱病気味《うつびょうぎみ》のうえ、かなり重度のアルコール依存症に苦しんでおり、悩んだあげく、このままでは取り返しのつかないことになるからと決心して、病院の神経科へ治療に通っていた。その待合室で、だった。私は彼女を見つけたのである。

初めは彼女のほうが、私をじっと見ていたのだった。その眼差《まなざ》しは妙に熱っぽく、その顔には、何だろうか、ちょっとした驚きのような色があった。

若くて美しい女性だった。が、どこかで会ったような憶《おぼ》えはない。私は戸惑い、こちらからはなるべく目を向けないようにしていたのだけれど、それでもやはり気になって、ちらちらと相手の様子を窺《うかが》ってしまう。

茶色がかった髪をショートにし、とても色白で、ぱっちりとした二重瞼《ふたえまぶた》の目の色は髪と同じく茶色がかっていた。妖精《ようせい》めいた風情《ふぜい》、などと云《い》ってみてもいいだろうか。私は当然のことながら、彼女に対して大いに興味をそそられた。

診察は彼女のほうが先に済み、その次が私だった。「宇城《うじょう》さん」と名を呼ばれて立ち上がり、診察室から出てきた彼女とすれちがった時も、彼女の茶色い瞳《ひとみ》はじっと私の顔を見ていた。

担当の医師は私の大学時代の友人で、萩尾《はぎお》という名の男だった。ひととおりの問診を受け、「もうひと息で完治ってところだな」という嬉《うれ》しい診断を聞いたあと、私は少し声をひそめて彼に訊《き》いた。

「さっきの——僕の前の若い女の子、どういう患者なんだ」

萩尾は訝《いぶか》しげに眉《まゆ》をひそめたが、すぐに低く笑って、

「なかなか可愛《かわい》い娘《こ》だったね」

と云った。それから冗談めかした口調で、

「こんなところでナンパでもするのか」

「まさか」

私は慌てて首を振った。

「ずっと僕の顔をじろじろ見ていたんだ、あっちの部屋で。確かにきれいな娘だが、場所が場所だから、つまりその……」

「危険な患者じゃないよ」

と、彼は先まわりをして云った。

「頭痛と不眠症に悩んでいるんだとか。いちばん多い相談だな。見た感じ、いくぶん神経症的なところがないでもないが、まあ少なくとも、一時期のおまえよりは遥《はる》かに健康だろうさ」

「——そうか」

診察室をあとにして、薬局の前で薬の処方を待っている間、私は無意識のうちに彼女の姿を探していた。もう薬を貰《もら》って帰ってしまったのか、と思うと、何となく心の緊張が解けた。

ところが、しばらくして私の番号が壁の電光板に表示された時——。

こつん、と後ろから背中を小突かれたのだ。振り向くとそこに、彼女が立っていた。

「宇城先生？」

仔猫《こねこ》のようにちょこっと首を傾げて、彼女は云った。

「やっぱりそうだ。あたし、先生のファンなんです」

「ファン？」

「教養部の時は、いつもいちばん前で先生の講義、聴いてたんだけどなあ。『社会学II』の講義です。憶えてませんか。——ませんよね。いっぱい学生、いたから」

「ああ……うちの学生なんですか」

まずいところで会ったものだ、という思いがとっさに首をもたげた。社会学の宇城助教授が神経科の医者にかかっている、とは、あまり学生たちの間に知れ渡ってもらいたくない噂だったから。

しかし一方で、呆気《あっけ》に取られるようなその偶然を、私が嬉しく思ったのも事実である。

「ファンなんです」という、いかようにも意味を解釈できそうな言葉に、年甲斐《としがい》もなくとやはり云うべきだろうか、妙な胸のときめきを覚えもした。

「あたし、咲谷《さきたに》由伊」

と自己紹介して彼女は、どちらかと云うと幼造《おさなづく》りの顔にふと、はっとするようなコケティッシュな笑みを浮かべた。

「国文学専攻の三年生です。顔と名前、憶えてくださいね」

＊

私たちは愛し合うようになった。

出会ってから一ヵ月も経った頃には、彼女は独り暮らしの私の家へしばしば遊びにきては泊まっていくようになった。私の車に乗って一緒に大学へ行くこともあった。そこに至るまでに、どういった男と女の駆け引きが私たちの間にあったのか、そのあたりのことはくだくだとは語るまい。どうとでも想像してもらえればいい。

十七歳という大きな年齢の差が気にはなったけれども、私がそれを云うと、由伊は「どうして？」とたいそう不思議そうな顔をしていた。私が三年前に離婚した経歴を持つこと（つまりはそれが、私の精神が当時、病的な消耗状態にあった直接の原因だったわけだが）も、彼女は「ぜんぜん気にしない」と云ってくれた。

初めて彼女を抱いた夜、彼女は私の腕の中で驚くほどに乱れた。すでに男をよく知った身体であることは疑うべくもなかったが、私はべつに彼女の過去をあれこれ詮索《せんさく》したいとは思わなかった。

「いいんだよ先生、食べちゃっても」

と云った、その夜の彼女の言葉を、今でも鮮明に憶えている。私が彼女の左手に口づけし、指先を一本一本くわえるようにして愛撫《あいぶ》しながら、「食べてしまいたい」というような月並みな文句を囁《ささや》きかけた——それに応えての言葉だった。

「いいんだよ、食べちゃっても」

と、彼女は繰り返した。

「本当に食べてしまったら、困るだろう」

「大丈夫」

彼女は私の髪を撫《な》でながら云った。

「どうせすぐに生えてくるから」

変わった冗談だ、と思って、私は小さく笑った。しかし、彼女のほうは笑わなかった。腕を私の背中にまわし、びっくりするほどの力を込めて抱きしめ、そして大きな溜息《ためいき》をついていた。

私にはまだ、彼女のことがまるで分かっていなかったのである。

＊

「結婚」という言葉を最初に私が口にしたのは、由伊との恋愛関係が始まって半年余りが過ぎた頃だった。彼女は四年生になり、そろそろ卒業後の身の振り方を具体的に考えなければならない時期にさしかかっていた。

「結婚しようか」

と、私は努めて何気ない口振りで切り出した。

週末の夜。二人でドライヴがてらレストランへ食事に行った、その帰りの車中でのことだった。

「本気？」

彼女はハンドルを握る私に目を向けた。

「あたしのこと、何も知らないのに」

「知ってるさ」

私は澄ました顔で云った。

「K＊＊大学の文学部で国文学を専攻している女子学生。成績はまずまずってとこかな。今年の八月に二十二歳の誕生日を迎える。交際を始めて半年になる十七歳年上の恋人のことを、相変わらず『先生』と呼ぶ。頭痛持ちで不眠症気味で、よく食べるけれども太らない体質。美人だが、あまり料理は得意じゃない」

その先は、ことさらのように淡々とした調子で続けた。

「咲谷家の一人娘。物心つく前にお母さんを亡くした。お父さんは外科の医者で自分の医院を開業していたが、娘が高校へ上がった直後に亡くなった。その後は叔母さんの家に引き取られて……」

「それだけでしょ」

「他にもっとどんな知識が必要なのかな」

「たとえば……」

「たとえば？」

彼女はしばしためらったあと、

「これまで、どんな男の人とつきあったことがあるか、とか」

「興味ないな。僕が愛しているのは今の君であって、過去の君じゃない」

われながら、赤面してしまいそうな台詞《せりふ》ではあった。

「でも――でもね、ひょっとしたら先生が思ってもみないような秘密があるかもしれないよ、あたしには。結婚なんかしちゃったら、すごく後悔するかも」

「何だか脅かすような云い方だね」

「………」

「結婚はしたくない？　まだそこまで考えたくないと？　それとも」

「違うよ。違う。そうじゃなくって」

口ごもる由伊の表情を横目で窺った。対向車のヘッドライトに照らされた彼女の顔には、気のせいだろうか、何かにひどく怯《おび》えているような翳《かげ》りがあった。

*

「やっぱり話さないとね」

由伊がそう云いだしたのは、それから一週間ほど経ったある夜のことだった。

その日の彼女は、夕方に私の家へやって来た時から浮かない様子だった。どうしたのかと訊くと、「頭痛がひどくて」と云っていつもの薬を飲んでいた。私とつきあいはじめてから不眠のほうはだいぶ良くなったものの、頭痛には相変わらず悩まされており、月に一度くらいの割合で、薬を貰いに例の病院へ行っているらしかった。

二人で夕食を済ませた頃には痛みも治まったようで、そのあと彼女は珍しくいくらか酒を飲んだ。私はと云うと、医者の忠告に従ってずっとアルコールは断っていた。

どちらが誘ったというわけでもなく、それから私たちは寝室へ行き、愛し合った。由伊は、いつにもまして激しく燃え上がった。攻め立てる私の身体にしがみつき、「助けて」と何度も繰り返していた。谷底へ墜落するような声を発して、二人は同時にはじけた。

心地好《ここちよ》いけだるさと充足感に浸りながら、私は汗にまみれた由伊の額《ひたい》に口づけした。死んだように動かなくなっていた彼女は、すると急に目を開き、

「先生」

と唇を震わせた。そして、するりと私の腕から逃れて背中を向け、

「やっぱり話さないとね」

そう云いだしたのだった。

「やっぱり、先生には隠しておけない」

「何のことかな」

私は仰向《あおむ》けになり、ベッドサイドのテーブルから煙草を取り上げた。

「そう改まった調子で云われると……」

「あたしね」

毛布を抱き込むようにして身を丸め、彼女は細い、今にも途切れそうな声で云った。

「あたし――あたしのこの身体、呪われてるの」

何のことだか、私にはもちろんわけが分からなかった。

「呪われてるの。誰かが呪いをかけたの」

「呪いをかけた？　――誰が」

「知らない、そんなこと」

「知らないって……」

私は言葉に詰まった。「呪い」とはいったいどういう意味なのだろう。たとえば、何か

遺伝的な問題を抱えているとでもいう話なのだろうか。それとも……。

考えあぐねる私の鼻先に、彼女はすっと左手の人差指を伸ばし、

「最初は、この指だった」

と云った。

「あたしが六歳の時——。もうお母さんは死んじゃってて、お手伝いさんが毎日うちに来て家事をしてくれてたの。でもあたし、自分でもお料理がしてみたくって、台所で……背が低かったから椅子の上に乗って、まないたと包丁を用意して、野菜か何かを切ろうとしたのね。そこへお父さんが来て、何してるんだ、って怖い声で……。あたしびっくりして、手許《てもと》が狂っちゃって、包丁でね、この指を切り落としちゃったの」

「切り落とした？」

私は驚いて、目の前に突きつけられた彼女の指を見た。桜色の小さな爪が付いた、細くてしなやかな指——。

由伊は「そう」と頷いて、

「第二関節から先を」

「しかし……」

指は、ここにある。切り落とされてなどいない。それらしき傷痕《きずあと》もないように見える。

「あの人は——お父さんはね、ひどい人だった」

戸惑う私をよそに、由伊は話を続けた。

「とっても怖くて、いつもぎらぎらした目であたしを見てた。あたしのことが嫌いだったの。憎んでいたんだと思う」

「一人娘の君を？」

「おまえは俺の娘じゃないって、そんなふうによく云われたわ。お母さんがどこの誰とも分からない男に犯されて産んだ子だ、って」

「そんな」

「本当なのかどうかは知らないよ。けど、あの人はそう云ってた。お酒を飲むとすぐに酔っ払って、家の物を壊したり、あたしに乱暴したり」

「お医者さんだったんだろう？」

「そんなだから、あんまりいい評判じゃなかったみたい」

由伊はさらに小さく身を丸め、

「指を切り落としたその時も、あの人はまず怒鳴りつけたわ。子供が刃物で遊ぶんじゃない、って。あたしは痛いのと流れ出てくる血が怖いのとで、大声で泣いてた。あの人は慰めてもくれなかったし、すぐに手当てをしてもくれなかった」

「切れた指は？」

私は訊いた。

「お父さんが縫合手術を？」

　身を丸めたまま、彼女は「まさか」と呟《つぶや》いてかぶりを振った。

「傷口を消毒して止血しただけで、あとは放《ほう》ったらかし」

「しかし、じゃあ……」

「不思議？　今こうして、ちゃんとその指があること」

「…………」

「生えてきたの、これ」

　と、彼女は云った。その声には、冗談や嘘を云っているような響きは微塵《みじん》も感じられなかった。

「何日かするうちに傷口の肉が盛り上がってきて……それで、新しい人差指が生えてきたの。トカゲの尻尾《しっぽ》みたいに。一ヵ月もした頃には、ちゃんと元の長さになって、元どおり爪も生えて」

　私は言葉を失った。くわえた煙草に火を点《つ》けることも忘れて、横を向いた彼女の背中を見つめていた。「冗談だろ」と笑おうとしたが、なぜかできなかった。

「信じてないでしょ、先生。信じられないよね。でも、嘘じゃないんだよ。ぜんぶ本当のこと」

　白い背がかすかに震えた。

「あたしの指が生えてきたのを知った時のお父さん、まるで狂ったみたいな目をして笑ったわ。そうか、おまえはそういう身体だったのか、って。新しい指をしげしげと見て、撫でまわして……唇を吊《つ》り上げて笑ってた。何だか悪魔みたいに見えた」

「…………」

「その次はね、あたしが小学校五年生の時だった。秋の遠足の時、バスが事故を起こしたの。トラックと衝突して、ぐちゃぐちゃになって、乗っていた子供が何人も死んだり怪我をしたり……そんな事故があって。

あたしもひどい怪我をしたんだ。右腕の肘から先が、ぺしゃんこに押し潰《つぶ》されて。病院でも手の施しようがなくって、切断しなくちゃならなかったの。最近はいい義手があるから、って病院の先生は励ましてくれたんだけど」

由伊の右腕は、しかしもちろん義手などではない。どこにも欠けたところのない美しい腕が、彼女にはちゃんと付いている。

私は煙草に火を点けてゆっくりとひと吹かしし、

「その腕も、新しいのが生えてきたと云うのかい」

と訊いた。由伊はすぐに「そうよ」と頷いた。

「ほら、見て」

そう云って、彼女は私のほうに身体の向きを変え、右腕をまっすぐに伸ばした。

「肘のまわりにうっすらと痕があるでしょ。色が違ってるみたいな感じで」

私は彼女の肘に目を寄せた。はっきりとは分からないが、そう云われてみれば、そんな痕があるようにも見える。

「三ヵ月ぐらいで、元に戻ったの。指もちゃんと五本、生え揃って」

由伊は腕を下ろし、毛布の下に潜り込ませた。

「それまでの間ずっと学校は休んでたから、変に思った人はあまりいなかったみたい」

「病院の医者は？　もしも本当にそんなことが起こったんだったら、それこそ大騒ぎしただろう」

「病院の先生には何も知らせなかったの。お父さんが、知らせちゃいけないって。誰にも知らせちゃいけない。おまえのその身体のことが世間に知れたら大ごとだ。さらしものになるぞ。実験動物みたいに切り刻まれるぞ……って。あたし怖くて、だから云われるとおりにしたわ」

「…………」

「その頃から、お父さんのあたしを見る目つきがだんだん変わってきた。ねちねちと、舐《な》めまわすように見るの。お酒の量もどんどん増えてきて、いつもアルコール臭かった。そしてね、あたしの身体に触るの。いやらしい手つきで」

そして彼女の父は、こんなふうに云ったのだという。

この身体はわたしのものだ。この穢《けが》らわしい身体。この呪われた身体。この身体、この身体……。

憎々しげに、侮蔑《ぶべつ》するように、それでいて愛《いと》おしげに、讃《たた》えるように、彼女の父は云ったのだという。

いくら切っても生えてくる。この指も、この腕も、きっとこの足もだ。目玉を抉《えぐ》り取ってもイモリみたいに再生するだろう。穢らわしい身体だ。しかし素晴らしい。何とも素晴らしい身体じゃないか。え？　由伊。そうだろうが、由伊……。

「それから、中学二年の冬休み――」

由伊の話はまだ続いた。

「寒い夜だった。あたしがお料理をしていたところへお父さんが来て、しつこく身体を撫でまわすの。やめてって云って、あたし抵抗したんだけど、そこで、揚げ物をしていた油を引っくり返しちゃって。それであたしの足に――左の足にね、油がかかったの。ひどい火傷《やけど》になった。ものすごく熱くて、痛くて、真っ赤に腫《は》れ上がって……」

火傷はいかん。いかんよ、由伊。醜い痕が残ったら大変だ。

そう口走りながら、彼女の父は、苦しむ娘を医院の手術室へ運んでいったのだという。

そうしてそこで行なわれたこと――それは、火傷を負った足の切断手術だった。麻酔から覚めた彼女は、朦朧《もうろう》とした意識で、自分の左足の膝《ひざ》から下がなくなっている事実を知ったのだった。

「しばらくは高熱が出て、危険な状態だったっていうわ。それが治まっても、あたしはずっとベッドに寝たままで、薬が切れると痛くて……足がないから自分でトイレにも行けなかった。

　切られた足はね、腕の時よりも時間がかかったけど、ちゃんとまた生えてきたの。だけどそれまでの何ヵ月間かは、本当に地獄みたいな毎日だった」

　その間、彼女の父は夜ごとのように彼女を犯したのだという。片足を失い、薬漬けにされた彼女には、その忌まわしい暴力を拒むすべがなかった。されるがままに、何度も何度も……。

「誰にも相談なんてできなかった。助けてくれる人なんていなかった」

　いつしか由伊の声は、涙まじりのかぼそい呟きになっていた。

「足が元に戻ってからは、逃げたり抵抗したりしたのよ。けどね、お父さん、今度はどこを切ってほしい？　って云って脅かすの。だからあたし……」

　超人的な再生能力を持つ自分の娘の肉体を切り刻み、犯す父親。

　そのとんでもない光景を想像して、私は戦慄《せんりつ》せざるをえなかった。が、しかし――。

　いったい彼女のこの話を、どこまで本気で受け止めれば良いのか。大いに困惑したのはもちろんのことである。

「お父さんが死んだのは、どうして」

私のその質問に、由伊は細かく肩をわななかせた。

「あたしが、殺したの」

ふたたび私に背を向け、彼女は消え入るような声で云った。

「高校に上がった年の春、だった。酔って襲いかかってくるお父さんを、階段の上から突き飛ばして……。事故だって、嘘をついたわ。警察の人も、叔母さんたちも、誰もそれを疑わなかった」

息を止めるようにして言葉を切る。洟《はな》を啜《すす》り上げる音が小さく聞こえた。

「呪われた身体だってお父さんが云ったの、本当にそうだと思う。こんなの、人間じゃない。化物よ。どこを切っても生えてくる。生えてくるのよ。トカゲやイモリみたいに。首を切り落としたとしても、きっと新しいのが生えてくるわ」

「……………」

「嫌いになった？　なったよね。それとも先生、ぜんぜん信じてくれない？」

私は返答をためらった。

酒が入ってもいないのに、深酔いでもしているように頭がくらくらしてきていた。唇を舌先で湿しながら、ねっとりとした唾《つば》を何度も呑《の》み込んだ。

由伊が、おずおずとこちらに身を向けて目を上げた。その茶色い瞳を見つめながら、やがて私はゆっくりと頷いていた。

そんな莫迦《ばか》げたことが、という気持ちは強くあった。あまりにも唐突で、現実離れしすぎた話だった。けれども——。

信じよう、とその時、私は思ったのだ。

信じよう、信じることにしよう、と。

そうしてなおかつ、私は彼女を愛しつづけよう。彼女の語ったのが現実の出来事なのかどうか、それは問題の本質ではない。たとえ彼女の心が何らかの狂気を孕《はら》んでいて、今の話はすべてそれが産み出した妄想なのだとしても……そういった歪みを全部ひっくるめて、私は彼女を愛そう。愛しつづけよう。

「祝福だよ」

と、私は云った。

「シュクフク?」

「人並み外れた再生の力を与えられた——それは呪いじゃなくて、祝福だろう。呪われていたのは君じゃなくて、君のお父さんの心のほうだ」

奇異なものでも見るように、由伊は小首を傾げた。瞳にかすかな光が滲《にじ》み、揺れた。震える白い肩を抱き寄せながら、

「結婚しよう、由伊」

改めて私はそう云った。

＊

その年の秋、私たちは由伊の卒業を待たずに結婚した。

私のほうが再婚だということもあって、式だの披露宴だのはいっさい行なわなかった。由伊もべつにそれを望まなかった。籍だけを入れ、そのあと私たちは、隣県の山間部にある私の別荘で二人だけの一週間を過ごした。

この別荘は、死んだ私の父が晩年に建てたものである。かなり古くなってきてはいるけれども、欧州の山小屋風に造られた洒落《しゃれ》た建物で、まとまった論文を書く時や独りきりになりたい時にやって来る、云ってみれば私のお気に入りの〝隠れ家〟だった。別れた前の妻をここに連れてきたことは、一度もない。

入籍に先立って、私は由伊の郷里の町へ赴いた。高校時代からの保護者である、由伊の母方の叔母に会うためだ。

彼女は存外にあっさりと私たちの結婚を認め、祝福してくれた。が、内心どのように思っていたのか、私には分からない。そもそも彼女が姪《めい》に対してどういった感情を持っているのか、その時の彼女の態度からは判断できなかったし、由伊の口からそれが語られることもなかった。また、そこで由伊の亡父に関する話題が出ることはなく、私のほうもしいて訊こうとはしなかった。

このように、何かにつけ〝世間並み〟からは懸け離れた結婚だったが、それでも私たちは充分に幸せだったのである。少なくとも、そう、その年——まだ去年のことなのか——いっぱいは。

＊

年が明けた頃から、由伊は以前よりも頻繁に頭痛を訴えるようになった。それと並行して、眩暈《めまい》や耳鳴りなどの不調もしばしば訴えるようになった。

薬を貰いにいくだけではなくて、一度きちんと検査を受けたらどうか、と私は云ったのだが、彼女は生返事をするばかりでなかなか従おうとはしなかった。それはもしかすると、詳しい検査によって万が一、自分の特異な体質のことが知られたら……と恐れたからなのかもしれない。

一月の中旬、彼女はぶじ卒業論文の提出を終えたのだが、その頃から今度は、やたらとよくものを忘れるようになった。財布や鍵《かぎ》がないと云って大騒ぎしたり、夕食が終わってしばらくしてから、今日の夕食は何にしようかと云いだしてみたり……と。

初めのうち、私はさして気に懸けてもいなかったのだけれど、日を追うにつれてその程度がひどくなってくる。

これはどうも変だと思いはじめていた――あれは、二月下旬のある日のことだった。

「どうしてよ。何で？」

その朝――確か日曜日だったと思う――、私は由伊のそんな声で目を覚ました。

「誰？」

横にいる私の顔を、彼女は怯えたような目つきで見ていた。

「誰なの、あなた」

私はもちろんわけが分からず、寝ぼけ眼《まなこ》をこすった。

「どうした、由伊」

「誰なの」

彼女はベッドから出て、部屋の隅へとあとじさっていった。

「何なのよ、いったい」

「由伊？」

私はようやく、彼女の状態が尋常ではないことに気づいた。こちらを見つめる目は、真剣に何かを恐れているふうだ。寝とぼけたりふざけたりしている様子ではない。

「僕だよ、由伊。どうしたっていうんだい」

「誰、あなた」

髪を振り乱して、彼女は大きくかぶりを振った。頬《ほお》が蒼《あお》ざめ、こわばっている。

「どうして？　あなたがここにいるはずなんて……」

「由伊」

私は起き上がり、声を強くした。

「何を云ってるんだ。僕だよ。分からないのかい、由伊」

「……あ」

そこでやっと、彼女の緊張が解けたのだった。放心したような表情でおろおろと視線をさまよわせたあと、

「ああ、先生」

そう云って私の顔を見直した。結婚してからも彼女は、私のことを「先生」と呼びつづけている。

「あたし……」

膝を床に落とし、彼女は両手をこめかみのあたりに当てた。

「何だろう。どうしちゃったのかな、あたし」

「由伊」

私は彼女に歩み寄り、華奢なその身体を抱きしめた。

「最近、変なの。何だかあたし、ときどき自分が何を考えてるのか分からなくなって」

由伊は私の胸に額をこすりつけた。

「頭の中身がね、何か真っ黒な穴に吸い込まれていくみたいな……」

「大丈夫。大丈夫だよ、由伊」

乱れた髪を撫でながら、私は子供をあやすようにそう繰り返すしかなかった。

*

萩尾に電話で相談してみたところ、彼はすぐにでも病院へ来て検査をしたほうがいいと云った。

物を置き忘れたり何度も同じことを訊いたりする、その程度ならば誰にでもある健忘だが、自分の夫の顔を見て何者だか分からないというのは問題だ。単純なヒステリーの一症状だとも考えられるが、それまでに眩暈や耳鳴りの症状が長く続いているというのがどうも気になる、と云うのである。

由伊はやはり気が進まないふうだったが、それを説得して病院へ連れていった。そうして受けさせた精密検査の結果——。

クロイツフェルト・ヤコブ病。

耳慣れぬそんな病名を聞いて、私は最初、どのように反応すればいいのか分からなかった。だが、その診断を告げた萩尾の口調や表情から、それが決して気軽に口にできるような種類の病気ではないことを察するのは容易だった。

「CTを撮ってみて分かった」

萩尾は険しい顔で説明した。

「大脳と小脳に見られる特徴的な海綿状態、そしてグリオーシス。脳波にもそれらしき徴候がある」

「まずい病気なのか」

「百万人に一人っていう奇病だよ。普通は四十代以降にかかる病気なんだが」

「四十代？　由伊はまだ二十二だぞ。それが何で」

「分からん。そんな前例はほとんどないのかもしれないが」

萩尾は憮然《ぶぜん》と首を振り、

「だいたい原因がまだはっきりしていない病気なんだ。今のところ有力な説は、いわゆるスローウィルスの感染症であるという……」

「どうなるんだ」

私はわれ知らず身を乗り出し、声を荒らげていた。

「治るのか。治療法は？　薬、手術、それとも」

「落ち着けよ、宇城。気持ちは分かるが、ここでおまえが取り乱したらおしまいだろう」

「ああ……」

私は大きく息を吸った。萩尾は苦々しげに眉を寄せながら、

「可哀想《かわいそう》だが、根本的な治療法はない」

と非情な宣告を下した。

「治る可能性はないってことか」

「そうだ。病気の進行もかなり速い。これからもっと痴呆化《ちほうか》が進んで、おそらく一年以内には……」

「死ぬ、と?」

萩尾は私の顔から目をそらし、ゆっくりと頷いた。これが、今年の三月初めのことだった。

*

診断された病名を私は本人には伝えず、ただ、だいぶ神経がまいっているらしいからしばらく安静にしているように、とだけ告げた。四月から由伊は、私の紹介で大学付属の研究所に事務員として勤める運びになっていたのだが、身体の不調を理由にそれも行かせな

いことにした。

萩尾によれば、興奮状態にある時には向精神薬を、眠れない時には入眠薬を、といった対症療法を続けるしか打つ手はないという。私にはその言葉に従うしか能がなかった。

春になり、由伊の病状は目に見えて悪化していった。

記憶の障害は、ここはどこなのか、今はいつなのか、といった基本的なところにまで及びはじめた。私の顔や名前を思い出せなくなることもしばしばあり、そんな時は途方に暮れて泣きだしたり、仮面のような無表情になったりした。唐突に怒りだしたかと思うと、わけもなく大声で笑いだしたり喚《わめ》き散らしたりすることもあった。

やがて彼女の脳は、現在に近い部分から順に、さまざまな記憶を完全に失っていくのだろう。思考能力や認識能力も低下し、満足に言葉が操れなくなり、歩行や排泄《はいせつ》すらもままならなくなり、そして……。

そういった未来を想像すると、私の気までもがおかしくなってしまいそうだった。

高さも幅も測り知れぬ巨大な黒い壁が、目の前に立ち塞《ふさ》がっている。そんなイメージがあった。つらいとか悲しいとかいう感情を超えた、それは自分を取り巻くこの世界そのものへの絶望の象徴だった。

いつしか私は、断っていた酒に手を伸ばすようになった。しらふの状態で現実を受け止めることがとてもできなかったから。——唾を吐きかけて踏みつけてやりたいほどに、私は弱く卑怯《ひきょう》な男だった。

夏が過ぎ、秋が来た。

病は確実に由伊の脳を蝕《むしば》み、私は確実に二年前のアルコール依存症へと逆戻りしていった。大学の講義は休講が増え、教授会や研究会にもほとんど出席せず、家に閉じこもっていることが多くなった。

萩尾は由伊を入院させるよう勧めたが、私は頑として拒んだ。彼女をずっと自分のそばに置いておきたかったからだ。他人の目に触れさせたくなかったからだ。それはおまえのエゴだろう、と萩尾は云った。確かにそのとおりかもしれない。しかし、エゴだろうと何だろうとかまうものか……。

「あの別荘へ行きたい」

十月も下旬のある日、由伊がそんなふうに云いだした。

痴呆化が進む中で、彼女は時として断片的な記憶を取り戻し、正気に戻ったかのように見えることがある。その時の彼女は、蒼ざめ窶《やつ》れた頬にふと、ぞくりとするほどに美しい笑みをたたえ、私の顔をじっと見つめて云ったのだった。

「あの山の中のおうちに……ね、行きましょ、先生」

そして私たちは、ここに――結婚直後の一週間、この上なく幸せな時間を分かち合ったこの別荘に――やって来たのだった。

別荘に到着した夜の由伊は、どこかしら普段とは様子が違っていた。

夕食のあとしばらく居間のソファでぼんやりしていたかと思うと、いきなり山猫のように目を光らせ、私を求めてきた。私はうろたえつつも、それに応えた。

その時の彼女の乱れ方は、怖くなるほどに激しく、何やら獣じみてすらいた。私は彼女の病のことも忘れ、狂ったように白い肉体をむさぼった。

「助けて。ああ、助けて……」

加速度をつけて昇りつめていく途上で、彼女は私の背中に爪を立てて喘《あえ》ぎながら、

「……切って」

不意に、そんな言葉を口走った。

「切って。指を、嚙《か》み切って」

私は驚いて彼女の顔を見た。眉間《みけん》に深く皺《しわ》を寄せ、強く目を閉じ……苦痛とも快楽ともつかぬ表情で、彼女はさらに言葉を続けた。

「腕を切って。足も切って」

「由伊」

「ああ、早くして。……お父さん」

「何？」

冷水を浴びせられたような気分で、私は動きを止めた。

「何と云った、今」

私の声に、由伊はうっすらと目を開けた。

「いま何と云った、由伊」

私は詰問口調で繰り返した。

「何と云った。お父さん、とそう云わなかったか」

「………」

「どうしてそんな」

するとたん、由伊はくつくつと笑いはじめたのだ。

呆然《ぼうぜん》とする私の目の前で、そのどこか調子の狂った笑い声は、だんだんと大きく膨れ上がっていった。耳を塞ぎたくなるような、ガラスを爪で引っ搔《か》く音にも似た、それは異様な哄笑《こうしょう》だった。

ひとしきり笑いつづけたあと、彼女ははあはあと胸を上下させながら、

「いいこと教えてあげる」

と云った。

「どうしてあの日、あたしが病院で声をかけたのか知ってる？」

まるで突然、その心に邪悪な怪物が乗り移ってしまったかのような、刺々《とげとげ》しい毒に満ちた笑みが唇に浮かんでいた。私は彼女の身体から離れ、

「どうしてって」

　と、声を詰まらせた。

「先生のファンだった、なんて嘘。いつもいちばん前で講義を聴いていた、なんていうのも嘘」

　微妙に抑揚の狂った話しぶりだった。

「先生の顔を近くで見たのは、あの日が初めてだった。あの日、あの待合室で。看護婦さんが『宇城さん』って名前を呼んだから、だからね、社会学の宇城先生かもしれないって思ったの。珍しい名前でしょ、だから」

　彼女がそんなに理路整然と話をするのは、おそらくこの夏以降、初めてのことだったのではないかと思う。

「じゃあ、なぜ」

　問いかけながら私は、あの待合室で私の顔をじっと見ていた彼女の様子を思い出した。妙に熱っぽい眼差し、驚いたような表情――あれは……。

「似てたから」

　由伊は悪魔じみた笑みを頰に広げた。

「先生の顔が、すごく似てたからよ。――お父さんに」

＊

その後の出来事はすべて、深い酔いの中での記憶としてしか残っていない。

私は浴びるように酒を飲みつづけた。由伊に取り憑《つ》いた悪魔は去り、二度と戻ってくることはなかったが、代わりに彼女はもうほとんど口を利かなくなった。忌まわしいあの〝告白〟によって、魂《たましい》のすべてを吐き出してしまったかのように。

完全に表情をなくし、動きもそれまでよりいっそう鈍くなり、当然ながら最初の夜のように私を求めることもなくなった。

彼女を寝室に置き去りにして、私は居間で独り、暖炉に入れた火を眺めながら酒を飲みつづけた。時間の流れ方は、無数の小さな虫が私たちの心と身体を内側から喰《く》い荒らしていく光景を想起させた。

＊

事件が起こったのは、別荘に来て四日めの深夜だった。どろどろに酔い潰れ、居間のソファで眠っていた私は、とつぜん部屋の空気を震わせた異音で目を覚ました。

その時すでに、ことは起こってしまったあとだった。

汚れたパジャマを着た由伊の身体が、暖炉の前に横たわっていた。火の消えかけた暖炉の中に頭を突っ込むようにして、うつぶせに倒れている。髪の毛が焼け、強い異臭を発していた。ちろちろと赤い舌を出しながら、今にも火がパジャマに燃え移ろうとしているのが見えた。

「由伊っ！」

私はソファから跳び起き、もつれる足で彼女に駆け寄った。

空のウィスキー壜が、倒れ伏した彼女の足許に転がっていた。この壜に足を取られて、暖炉に突っ込んでしまったのか。いや、それとも……。

暖炉から由伊の頭を引きずり出すと、パジャマを焦がす火の粉を払った。テーブルに置いてあった水差しを取り上げ、中の水を全部ふりかける。

由伊は気を失っているようだった。

弱々しい呻《うめ》き声が喉《のど》から洩《も》れる。手足が細かく痙攣《けいれん》する。

私は彼女の身体を仰向けに返した。髪はすっかり焼け焦げ、顔は灰にまみれて赤黒く腫れ上がっている。かつて私の胸をときめかせた妖精のような美しさは、そこにはもはや見る影もなかった。

「由伊」

声をかけても反応はなかった。

「ああ、由伊……」

手当てをしようという気力もなく、私は崩れるようにしてその場に腰を落とした。彼女の手を握りしめ、彼女の名を繰り返し呼びながら泣いた。いくら呼んでもしかし、彼女は何も応えてはくれなかった。

アルコールに侵された私の頭に、その時ふと浮かんだ言葉——。

「首を切り落としたとしても、きっと新しいのが生えてくるわ」

それは結婚の前、由伊が自分の過去を打ち明けた時に口にした台詞だった。

首を切り落としても、新しいのが生えてくる。——新しい首が生えてくる。

「火傷はだめだ。だめだよ、由伊」

私は譫言《うわごと》のように口走っていた。

「由伊……。呪いじゃない。そうだ。君の身体は祝福されているんだよ」

どうして今まで思いつかなかったのだろうか——と、痺《しび》れた頭の中で呟いた。

そうだ。彼女のこの身体は普通の身体ではない。祝福された、特別な身体なのだ。

首を切り落としたとしても、すぐに新しい首が生えてくる。——そうだ。そうだとも。

新しい無傷の首が、胴体から生えてくるのだ。

私は由伊を抱き上げ、浴室に向かった。

彼女を脱衣所の床に寝かせておいて、階段の下の物置へと走る。目的は、そこにしまってある工具箱の中の鋸《のこぎり》だった。

脱衣所で由伊を全裸にし、浴室の中に運び込んだ。真っ白な美しい肌と火傷を負った首から上との対比は、あまりにもおぞましく無惨で、私に行動を急がせた。

その時点で、由伊の心臓がまだ動いていたことは確かである。鋸の刃が頸部《けいぶ》の動脈を切った時に噴き出した血の勢いが、それを物語っていた。

首の切断によって、彼女の生命はいったん活動を停止するかもしれない。だが、やがて傷口から新たな頭部が生えてくる。忌まわしい病に冒されていない健康な脳を持った、新たな頭部が。

私はそう信じて疑わなかった。

再生した大脳はおそらく、これまでの記憶をまったく失ってしまっていることだろう。しかし、よしそうであったとしても、私が空っぽのその脳に新たな記憶を与えてやれば良いのだ。

彼女が誰なのか、私は何者なのか。私たちはどのようにして出会ったのか。いかに私が彼女を愛しているか、そして彼女がいかに私を愛していたのか。それらをすべて、私が彼女にしっかりと教えてやろう……。

飛び散る血と脂《あぶら》にまみれつつ、私は由伊の首を切断した。

身体をきれいに洗い清めると、居間に運び、白いドレスを着せて揺り椅子に坐らせた。切り落とした頭部は考えた末、庭に埋めてやることにした。

＊＊＊

そして、今……。

あの夜からどれだけの時間が過ぎたのか、私にはよく分からない。数日、それとも数週間。あるいはもう何ヵ月も経っているのかもしれない。

外では激しく冷たい雨が降っている。この雨がいつから降りはじめたのか、どのくらいのあいだ降りつづいているのかも、私にはよく分からない。

時の流れが歪《ゆが》んで感じられる。いつまでもこの冬が続き、雨は大地を打ちつづけるように思える。私たちを包み込んだ世界は、そうして果てしなく冷えていく、果てしもなく閉じていく。そんな気もする。

私は待ちつづける。飲んだくれ、揺り椅子に坐った由伊に話しかける。けれど彼女は、やはり何も応えてはくれない。

まだなのか。

まだ、新しい首は生えてきてくれないのか……。

暖炉の火が消えかけている。くべる薪《まき》もそろそろ尽きてきた。

空になりかけたウィスキー壜を傾け、最後の一滴まで喉に流し込む。壜を放り出し、絨毯の上を這《は》い進み、私は由伊の足にすがりつく。

「由伊……」

ああ、由伊。まだ元に戻ってはくれないのか。早く蘇《よみがえ》っておくれ。私をこれ以上、独りにしないでくれ。この冷たい世界に置き去りにしないでくれ……。

足首を握りしめ、頰を擦《す》り寄せる。しかしその肌には、かつてのような温《ぬく》もりや弾力はまったくないのだった。

じゅっ、と肉から皮が剝《は》がれる音がする。青みを帯びた土気色の皮膚が破れ、濁った汁が滲《し》み出す。

部屋には嫌な臭《にお》いが立ち込めている。

これは、腐臭だ。

由伊の身体が――肉が、内臓が、腐っていく臭いだ。

私はのろのろと立ち上がり、首の切断面を覗《のぞ》き込む。どす黒い血の塊《かたまり》がこびりついた、醜い傷口。――何の変化もない。何の兆しも見られない。

「だめなのか、由伊」

私は頭を抱え込む。

「だめだったのか、由伊」

呪われた身体。祝福された身体。どこを切っても生えてくる……。

あれは嘘だったのか。さもなくば、あの時すでに病に冒されはじめていたのかもしれない彼女の精神が産み出した、ありうべくもない妄想だったのか。

ふたたび彼女の足許にうずくまり、身悶《みもだ》えしながら嗚咽《おえつ》を洩らす私の耳に、その時――。

「……あああ」

外で降りつづく雨の音に交じって、そんな声が聞こえてきた。

「あああああああ……」

私の心にはその時、それが何なのかをゆっくり考えてみる力も残ってはいなかった。ふらりと身を起こし、その不気味な声に引かれるようにして玄関へ向かった。

「ああああ……」

扉の外から響いてくる。赤ん坊が泣く声のようにも、何か小さな獣が鳴く声のようにも聞こえる。罅割《ひびわ》れた、甲高い声。いったいこれは……。

私は恐る恐る扉を開いた。そして、そこに見た奇怪なもの。

それが果たして、アルコール漬けになった自分の脳が見せる幻覚なのか、それとも現実の存在なのか、あまりのことに私には判断がつかなかった。

　そこには、由伊がいた。

　焼け爛《ただ》れた由伊の顔。雨に濡《ぬ》れ、泥まみれになった由伊の顔。その口が裂けるように開き、異様な声を発しているのだった。

　何が起こったのかを、私はようやく理解した。

　首を切り落としたとしても、きっと新しいのが生えてくるわ。——彼女のあの言葉は正しかったのだ。

　私が鋸で切断した首の傷口から今、胎児のような胴体が生えている。その小さくいびつな胴体からはさらに、二本の腕と足が生えようとしている。

　こちらが再生の本体だった。——そういうことなのか。

　悚然《しょうぜん》と佇《たたず》む私の姿を彼女の虚《うつ》ろな目が捉《とら》え、爛れた唇が「先生」と動いた。私は震える手を伸ばし、彼女を抱き上げた。

Histoire d'œil

呼子池の怪魚

Ayatsuji Yukito

1

裏山に分け入って半時間ばかり歩く。急な坂道が終わり、鬱然《うつぜん》と茂る雑木林を抜けたところに、呼子池《よぶこいけ》という名の小さな池がある。

四方を林に囲まれているため吹き込んでくる風は少なく、その暗緑色の水面《みなも》は時を奪われたかのように澱《よど》み、静まり返っている。「池」よりも「沼」と呼ぶほうがふさわしい。縁《ふち》にしゃがんで覗《のぞ》き込んでみても、まったく底が見えない。いったいどれくらいの水深があるのか。「底なし沼」のとてつもない深さを想像してみる一方、あんがい水が濁っているだけでさほど深くはないのかもしれないなとも思う。岸辺には「遊泳禁止」と記された札が立っているが、はて、今どきこんな池で泳ごうとする者がいるのだろうか。

大学の非常勤講師といった気楽な商売柄、暇はけっこう持て余している。仕事のない日の夕刻には、散歩がてらふらりとこの池まで足を延ばす。ベンチのひとつとてない狭い岸辺に独り立ち、ぼんやりとその暗い水の色を眺めるのが、私は好きだった。

四月初旬のある日、私はふとこの池で釣りをしてみたくなった。

三年前に死んだ父親が大の釣り好きで、子供の頃はよく川釣りに連れていってくれたものだった。早朝の、まだ東の空が白みはじめる前に家を出、一丁前に自分用の竿《さお》と釣り具箱を持って、薄く靄《もや》にけぶる河原の叢《くさむら》の中、速足で先を行く父の背を追いかけた。懐かしい、そしてどことなく物哀しい思い出だ。朝露に濡《ぬ》れた草が半ズボンの足を撫《な》でる冷たい感触を、記憶の隅っこから手繰《たぐ》り出すこともできる。

あれからもう、二十年以上の年月が経つ。小学校を卒業して以降は、一度として釣り竿を握った憶《おぼ》えがない。

そんな私が、どうして急に呼子池で釣りをなどと思い立ったのか、自分でもいささか不思議だった。

この池で誰かが魚釣りをしているのを見たことは、何度かある。たいがい小学生が二人連れくらいで来て、短い竿で浮き釣りをしていた。戯れに一度、声をかけてみたことがあったが、その時の子供は膨れっ面で「ぜんぜんダメだよ」と首を振っていた。事実、彼らの足許《あしもと》に置かれたプラスティックのバケツの中には、痩《や》せた小鮒《こぶな》が一匹、泳いでいるだけだった。

だからきっと、それは単なる気まぐれだったのだと思う。

魚を釣り上げる時の、あの独特の手応《てごた》えを二十年ぶりにまた味わいたくなったとか、そういう積極的な目的意識があったわけではない。ただ何となく、池のはたに坐《すわ》って竿を握ってみたくなった。そうやって独りきりで過ごす時間が欲しくなった。——それだけのことだったのだ。

その日、私は午後二時を過ぎていくぶん陽射しが和らぎはじめた頃、物置の奥から掘り出した亡父の釣り道具を持って呼子池へ向かった。玄関まで見送りに出た妻の由伊《ゆい》は、「気をつけてね」とだけ云《い》った。奇妙なものを見る目つきではなかった。何で夫が突然そんな気まぐれを起こしたのか、彼女は彼女なりにそのわけを考え、そして納得していたのだろう。

池に着くと、適当な場所を探して携帯用の折りたたみ椅子を据《す》えた。風はなく、あたりに人の姿もなく、水面はいつもと変わらぬ深い緑色に澱んでいた。周囲の雑木林には桜の木もいくらか交じっており、膨らみはじめた白い蕾《つぼみ》が遠慮がちに風景を彩っていた。

竿を組み立て、昔の記憶を頼りに浮き釣りの仕掛けを作る。そこでやっと、私は餌を持ってきていないことに気づいた。

誰かに見られているような気がして――もちろんそんなはずもなかったのだが――、私は頭を掻《か》きながら照れ笑いを浮かべた。釣りに行こうというのに餌の用意を失念しているとは、われながらおっちょこちょいもいいところである。

「やれやれ」と呟《つぶや》いて釣り竿を足許に置き、ことさらのように悠然とした動きで煙草をくわえた。

さて、どうしたものだろうか。

このまま家へ引き返すのも莫迦《ばか》みたいだし、かと云って近くに釣り用の餌を売っている店などあるはずもない。地面を掘って蚯蚓《みみず》でも捕まえるか。それとも他に何か、餌になりそうなものを探そうか……。

煙草三本ぶんの時間をかけて考えた末、私は結局、針には何も付けずに竿を振った。ぽちゃんと緑の水面に広がる波の輪。頼りなく揺れる赤い浮き……。

これでいい、これで充分だ――と、私は独り頷《うなず》いた。

もとより、そう、獲物を釣り上げるつもりで来たわけではないのだ。こうしてそっと糸を垂れ、池に棲《す》む魚たちがときおりそのそばを通り過ぎていくさまを、静かに思い浮かべていれば良い。それでいい。

穏やかな天気ではあったが、四月の空気はまだまだ冷たかった。陽が傾くにつれて、私が陣取った水辺には木々の黒い影が伸びてき、やがてすっぽりと私の身体《からだ》を包んでいった。

両手で挟み込むようにして竿を構え、かすかに揺れる浮きを睨《にら》む。じっとそうしていると、時の流れの片隅に生まれた澱みの中にみずからの存在が沈み込んでいくような心地になった。その澱みの底で、私はこの一年ばかりの間に身辺で起こったさまざまな出来事へと、無意識のうちにやはり想いを馳《は》せていた。

夕陽が景色を朱《あか》く染めはじめた頃、ようやく私は時の澱みから浮上した。腕時計を見ると、すでに日没が近い時刻だった。

暗くなる前に山を下りなければならない。懐中電灯のたぐいは何も用意してきていなかったからである。

ちょっと慌てて椅子から立ち上がった、その時だ。

釣り竿を握った左手にびくん、と痺《しび》れにも似た感覚が走った。驚いて池に目をやると、赤い浮きがぐいぐいと水中に引き込まれている。

餌の付いていない釣り針に、どうしたわけか魚が掛かってしまったらしい。

私は竿を両手に握り直し、力を込めた。びりびりと掌《てのひら》に伝わってくる細かい振動。掛かった魚が水中で暴れている、あの懐かしい感触だ。

こうしてまもなく――。

夕陽の朱を映しつつ、時ならぬざわめきに揺れる池の中から、私は一匹の魚を釣り上げたのだった。

2

それは奇妙な魚だった。

体長は二十センチ以上もあったから、こんな小さな池で釣ったにしてはかなり大物の部類に入るだろう。餌の付いていない針にいったい何を間違って喰《く》いついたのか定かではないが、針は、ひれやえらにではなく、きれいに口に引っかかっていた。

最初は鮒か鯉《こい》だと思った。

しかし、それにしては全体的に細身で背びれが大きすぎるようだし、そのうえ何だかいやに両眼が飛び出している。ひげがないところを見ると少なくとも鯉ではないが、鮒にしても、こんなに長細い形のものは見たことがない。

池に棲むこの大きさの魚で他に考えられるものと云えば、鯰《なまず》か雷魚《らいぎょ》、あるいはブラックバスくらいだが、形状からして鯰や雷魚であるはずがない。ブラックバスとも明らかに違う。とすると、やはりこれは、ちょっとばかり平均から逸脱した体型を持つ鮒だということか……。

その場ではあまり深く考えもせず、私はそれを魚籠《びく》に入れて家路についた。

もともと魚を捕るのが目的ではなかったのだから、そのまま逃がしてやっても良かったのだけれど、なぜかそんな気にはなれなかった。珍しい魚のようだから、持ち帰って妻に見せてやろうという気持ちもあった。そうすれば、ともすれば最近、滞《とどこお》りがちな食卓の話題のひとつにでもなるだろうと考えたわけだが、それとは別に、期せずして釣り上げたその魚に対する妙な執着心が、その時すでに芽生えていたようにも思える。

ともあれ、私はそれを家に持ち帰り、物置から引っ張り出してきた水槽に放った。昔グッピーを飼っていた小型の水槽は、多少その魚には窮屈そうに見えたが、魚は思ったほど弱ってはおらず、元気に水の中を泳ぎはじめた。

「ほんと、何だか変な魚ね」

由伊が、居間の出窓に置いた水槽を覗き込みながら云った。

「飼うの？　これ」

「だめかい」

「べつにどっちでもいいけど」

「じゃ、飼ってみるのも面白いな」

私は窓辺を離れ、ソファに坐った。由伊は水槽に顔を寄せたまましばらく黙っていたが、やがてちらりとこちらを振り向いて、

「何か、変ね」

と云った。

「うん。変な魚だ」

「違うってば。いま云ったのは、あなたが、よ」

「僕？」

「そう。急に釣りをするなんて云いだしたと思ったら、こんな変てこな魚、嬉《うれ》しそうに持って帰ってきて」

「ま、いいじゃないか」

「ま、いいけどさ」

私たちは何となく顔を見合わせ、声を出さずに笑った。

3

翌日の夕方、おりよく友人のYがわが家を訪れた。

「おりよく」というのは、彼が、私と同じ大学の農学部水産学科の教室で助手を務めている男だからである。専門が何なのか詳しくは知らないが、少なくとも私や由伊よりは魚類についての知識があるはずだと思った。

「ははん。なるほど変わった魚だな」

私の説明を聞くと、Yは窓辺に寄って水槽のガラスに目を近づけた。

「鯉じゃない。鮒でもないみたいだ。——ふん、そうだな。俺の見る限りいちばん近いのは、目高《めだか》だ」

「メダカぁ?」

「ああ。しかしもちろん、こんな巨大な目高がいるわけはない」

「じゃあ何なんだろう」

「さてな」

Yはしかつめらしく腕を組み、それからにやりと唇を曲げて私のほうを見た。

「俺は専門じゃないから何とも云えんが、ひょっとしたらとんでもない新種を発見したのかもしれんぜ。どこで釣ったって？」

「裏山のちっぽけな池だよ」

「ふうん。理学部の知り合いでその辺が得意な奴がいる。知らせてやったら目の色を変えて飛んでくるかもな。どうする」

「あ、いや」

と、私は小さくかぶりを振って、

「どうせ何かの拍子で生まれた畸型《きけい》だろう。そんな、専門家にわざわざ調べてもらう必要はないさ」

「そうかな」

いまひとつ納得のいかぬような面持ちで、Yはまた水槽を覗き込んだ。狭い透明な箱の中、魚はかすかに胸びれを動かしながら、底に敷かれた砂利に腹をつけて静止している。

由伊が台所から出てきた。

「ちょっと買い物に行ってくるね。――Yさん、夕飯、食べて帰るでしょ」

「やあ、どうも。遠慮はしませんから」

「久しぶりだもんね。ゆっくりしていってくださいな」

にっこりと微笑《ほほえ》んで、小走りにリヴィングを出ていく。玄関のドアが閉まる音を聞いてから、Yは私に向かって云った。

「元気そうじゃないか、彼女」

「やっとこの頃、笑えるようになったみたいだね。けど、やっぱりまだ……」

「ふん。ショックだったろうからな」

「ショックっていうのとはちょっと違うのかもしれない。何て云うんだろう。喪失感——いや、空虚感とでも云ったほうがいいのかな。それこそまさに、身体から自分の存在の一部分が抜け落ちてしまったようなね、そんな気分なんじゃないかと思うんだ」

「まあ、俺たちにはどうしたって分かりようのない感覚だろうから……」

Yとは長いつきあいである。私と由伊が結婚する以前からの、彼は私たちの共通の友人なのだった。

「で、おまえのほうはどうなんだ」

「と云うと？」

「子供は欲しくないのか」

「そりゃあ……」

五年前に結婚した当初は、自分の子のことなど想像してみるのも嫌だった。絶対に子供は作らないと、親たちに対しても妻に対しても云いきって譲らなかった私だが、三十歳を過ぎた頃から次第に心境が変化しはじめた。

その時期に父母を相次いで亡くしたことが、おそらくは最大の原因なのだと思う。遅かれ早かれ自分も死ぬ。分かりきってはいてもそれまで実感として捉《とら》えることのできなかった未来の必然が、おのれの分身を次の世に残したいという人並みな欲求を私の内に呼び起こしたのだ。

由伊が妊娠したのは、去年の初夏のことだった。彼女は単純に喜んでいた。私は私で、異様に気恥ずかしい、同時にたまらなく不安な心地で、それでも来《きた》るべきわが子の誕生に胸をときめかせた。

ところが妊娠四ヵ月めのある日、思わぬ事故が起こった。自転車で買い物に出た由伊が、信号のない横断歩道で車に当てられ、そのショックで流産してしまったのである。

あの時のことはもう、思い出したくもない。

凶報を聞いて駆けつけた病院の一室で、由伊が真っ先に放ったのは私への謝罪の言葉だった。「ごめんね、ごめんね」と、彼女は何度も繰り返した。あやまることはない。仕方がない。そう云って、涙をこぼす妻の髪を撫でながらも、私はやり場のない怒りを彼女に向けようとしている自分に気づき、どうしようもない自己嫌悪にかられた。

流産の経験は由伊の心に、ある種の呵責《かしゃく》となって残ったに違いない。妊娠してもまた何か事故に遭うのではないか。そんな怯《おび》えを彼女が抱いていることは明らかだったが、一方で、それまでセックスに対して比較的淡白だった彼女が、以来積極的に私を求めるようになった。「早く次の赤ちゃんを」と彼女は云い、私も同じように願った。

そして今年の一月中旬、由伊の月経が止まった。

彼女は有頂天になって産院へ行き、そこで「おめでた」の診断を受けた。私も喜んだ。やがて悪阻《つわり》が始まり、私たちは例によって、男の子がいいか女の子がいいか、といったような他愛《たわい》のない論争を楽しんだ。昨年の不幸のことは、二人ともいっさい口に出さなかった。口に出すことそれ自体が、ふたたびその不幸を呼び寄せてしまうと恐れるかのように——。


「それにしても」

私の顔色を窺《うかが》いながら、Yは云った。

「想像妊娠とは……。話には聞いていたが、あるもんなんだな」

「うん」

私は努めて何気ないふうを装い、

「普通、専門医が診れば容易に分かるものらしいんだけどね。最初にかかった医者が、何て云うか、ひどい手抜きをやったらしい」

先月の中頃、由伊の悪阻があまりに激しいので、心配して別の医師に相談した。初めの産院について、たまたま良からぬ噂を耳にしたからだ。

そこでようやく真実が判明したのだった。

由伊の子宮には胎児は存在しなかった。「早く次の赤ちゃんを」――その狂おしい想いが、妊娠に似た症状を肉体にもたらした。要はそういうことだったのだ。そしてさらに、同じ医師によってひとつの残酷な診断が下された。先の流産が災いして、由伊はすでに子供を産めない身体になっていたのである。

後者の事実を知らないYは、薄暗い気分で煙草を吹かしはじめた私の肩を叩《たた》いて、

「きょうび、高年齢出産は三十五からだっていうしな。まだまだチャンスはある。いつまでも落ち込んでることはない」

と不器用な笑みを見せた。

「それにだな、経験者として云わせてもらえば、わが子が手放しで可愛《かわい》いのはせいぜい、一歳か二歳くらいまでの話さ。あとはもう、やかましいわ暴れるわで大変なばっかりだから。な?」

今月幼稚園に入った娘に対する彼の親莫迦ぶりを思い浮かべながら、私は小さな頷きを返した。

4

水槽の魚は非常に元気だった。

Yが訪れた次の日には、私はペットショップでそれまでよりもふたまわりほど大きな水槽とエアコンプレッサを買い込み、ついでに近所の川から適当な石ころや藻を仕入れてきて、魚の住居を整えてやった。

餌は何でもよく食べた。数日のうちには、餌を持って手を近づけると、それに気づいて水面まで上がってくるようになった。

「すっかりお気に入りなのね」

頻繁に出窓のそばへ足を運ぶ私を、由伊はべつに不快そうな素振りもなくからかった。

「ほんと、変な人」

「そうだなあ」

その魚に対するおのれの感情を、私は自分でも少なからず奇妙に感じていたから、そう云われると素直に頷くしかなかった。

「まったく、こんなできそこないのどこが面白いのかねえ」

水槽に額《ひたい》を押しつけるようにして、魚の様子を観察する。釣ってきた時よりも少し太ったようだった。目高のように飛び出た両眼はほとんどまん丸で、どこを見ているのか分からないその黒い眼は、何となく普通の魚の眼より愛嬌《あいきょう》があるように思える。

Yが云ったように——どこまで本気だったのかは知らないが——新種の淡水魚なのだろうか。それとも、もっと低いレヴェルでのただの畸型魚にすぎないのか……。

初めはやはり気になったが、そのうちそんな問題はどうでも良くなってきた。新種とか畸型とか、そういった意味づけを超えたところで、私はその魚に確かな魅力を感じはじめていたのである。

5

魚を持ち帰ってから一週間余りが過ぎた、ある朝のことだ。

「あなた、大変」

由伊の声で、私は目を覚ました。

「大変なの。あの魚が……」

「——魚が？」

驚いて跳ね起きた。「魚が大変」という彼女の言葉が、頭の中で瞬時にして「死」と結びついたのである。

「死んでるのか」

「ううん。そうじゃなくって」

私の勢いに由伊はちょっとたじろいで、

「あのね、何だか様子が変なの」

「元気がないのか」

「そうじゃなくってぇ……。とにかく来て。見てみて」

魚は、死んではいなかった。元気がないわけでもなかった。が、確かに由伊の云ったとおり「変」だったのだ。

水槽の底でじっとしている。えらの動きは普段と変わりないが、金色がかった白い腹が痙攣《けいれん》でも起こしたようにぴくぴくと震えていた。意識して観察してみると、鮒にしては大きすぎるなと思われた背中のひれが、昨日までと比べて目に見えて小さくなっている。背びれだけではない。尾びれもまた、鋏《はさみ》で先を切り取られてしまったかのように短くなっていた。そしてさらに――。

「ほら、ね。その胸のひれ」

由伊に云われ目を凝らしてみて、私は愕然《がくぜん》とした。

昨日までは胸びれであったはずのものが、明らかに今、それとは異なる形に変化しているではないか。

「こりゃあ……」

　いったいどういうことなのだろう。

　それはどう見ても「ひれ」と呼べるものではなかった。平たい扇形だったのが、細い棒のような形状に変わっている。その先端が幾本かに枝分かれしている。これは――「脚」ではないか。

「ひれが、脚に？」

　私が呟くと、由伊は大きく頷いて、

「そうよね。これ、脚に見えるよね」

「――見える」

「気味が悪いわ」

「――うん」

　私たちの動揺など知らぬげに、魚はとろんとした大きな黒い眼に相変わらずのそこはかとない愛嬌をたたえている。コンプレッサから送り出される気泡の流れが、水底に腹をつけた魚の体を静かに揺らめかせつづける。

「やっぱり何か、特別な種類の魚なのかな」

　怯えた声で云って、由伊が身を擦《す》り寄せてきた。

「Yさんもそう云ってたんでしょ、このあいだ」

「新種かもしれないとは云っていたけどね。それにしても、ひれが脚に変化するなんていうのは……」

「どうするの」

「どうするって……」

水槽の傍らに置いた餌の袋に手を伸ばしながら、私は由伊の顔を見やった。

「捨てちまえって云うのかい」

「そうは云わないけど」

「じゃあ、このまましばらく様子を見るさ」

餌を握り、水面に手を近づけると、魚はすぐにひらひらと上がってきた。

「そのうちまたYに連絡するから。気味が悪いのは分かるけど、べつに危険なわけじゃないんだし」

Yに知らせたなら、彼はきっと、先日話していた理学部の知り合いに調べさせるよう主張するだろう。そうすればこの奇妙な魚の正体も判明するかもしれないが、なぜかしら私は、これを自分と妻以外の誰の目にも触れさせたくはないと思った。

いけない。知らせてはいけない。見せてはいけない……。

はっきりとした声ではなかったけれども、そんなふうに囁《ささや》く何者かが、そのとき私の心のどこかにいた。確かに、いた。

そっと見守っていてやればいい。そうみずからに云い聞かせると同時に私は、前脚を得たその魚のさらに未来の姿を一瞬――思い出せないほどのほんの一瞬――、宙に目撃したような気がした。

6

それからまた一週間が経つうちに、魚は驚くべき変形を遂げた。

背びれと尾びれは完全にその姿を消し、胸びれが変化した前脚に加えて、後ろ脚が出現した。くすんだ銀色の鱗《うろこ》がどんどんと剝《は》がれ落ち、飛び出た眼は徐々にへこんでいって、やがて瞼《まぶた》らしきものができはじめた。

初めは気味悪がっていた由伊だが、そのうち慣れてきたのか（あるいはもっと別種の心境の変化があったのかもしれない）、「明日はどんなふうに変わるのかな」などと軽い調子で云うようになっていた。私も同様である。以前よりも水槽のそばへ行く回数が増え、魚の――今やもう、それはとうてい「魚」とは呼べない生き物になってしまっていたが――の変態していく様子をノートにスケッチしてみたりもした。

由伊と合意のうえ、Yには知らせなかった。もしも彼がこの信じがたい事実を知れば、何がしかの研究の材料としてこれを大学へ持っていきたがるに決まっている。そうなった時の魚の運命を想像すると、どうしても彼に連絡する気にはなれなかったのだ。

幾度かYのほうから電話はあった。「こないだの巨大目高はどうしてる」と、やはり彼は気に懸かっている口振りだったが、私は「もう逃がしてやったよ」と嘘を答えた。

やがて、ひれを失い四本の脚を得た魚の体から、えらの形が消えていった。銀色の剝げた体表は、代わって深緑色をした目の細かな鱗に覆われはじめ……。

かくして、変態が始まって三週間後には、それは完全に陸棲化《りくせいか》してしまったのである。

7

私も由伊も、もうその魚のことを「魚」とは呼ばなかった。水を抜いて土を敷き、石ころや草を入れたうえで金網の蓋《ふた》をかぶせた水槽の中に棲むそれは、もはや魚ではなく、私たちの知っている爬虫類《はちゅうるい》――「蜥蜴《とかげ》」以外の何物でもなくなっていたからだ。

体長二十数センチの深緑色の蜥蜴。

図鑑を買ってきて調べてもみたが、その姿形が該当するような蜥蜴の種類は見つからなかった。当たり前だ。いったいこの世界のどこに、三週間にして魚から「進化」する蜥蜴がいるだろうか。

私たちの驚きはしかし、最初に魚のひれが脚に変わった時のような当惑を伴ってはいなかった。それはむしろ、ある種の喜びと期待に満ちた驚きだったと云ってもいい。

また私たちは、この奇妙な生き物のことをＹはもちろん他の誰にも話すまいという意思を、お互い無言のうちに確認し合っていた。そうして秘密を守ることが、私たちの共有の楽しみとなりつつあったのだ。まるでそう、子供の頃、親に内緒で空き地に仔犬《こいぬ》を飼ったり、あるいは蛇の抜け殻や蟷螂《かまきり》の卵といったものを「宝物」として隠し持ったりしていた時のような……。

以来、私はめっきり外出しなくなった。夕方に散歩へ出ることもなくなり、暇さえあれば窓辺に腰を据えて、蜥蜴に変わった魚の様子を飽くこともなく眺めているようになった。

蜥蜴はたいてい石の間に身を忍ばせてじっとしていたが、水槽のガラスを指で弾《はじ》いてみたりすると、小気味が良いほどに敏捷《びんしょう》な動きを見せた。しなやかな背に埋まった緑の鱗は、光の当たり具合によってさまざまな色を含んで見え、何とも云えず美しかった。

そして、その眼。形や色こそ前とは違っていたが、その眼には確かに、それが魚であった頃と同じ不思議な愛らしさがあった。

もっとも、一方で私自身、そんなふうにしてこの小動物に心を惹《ひ》かれる自分を、その生き物の奇妙さ以上に奇妙に感じ、摑《つか》みどころのない不安を抱いていたのも確かである。これは、由伊の蜥蜴に対する態度をはたで見ていても感じることだった。

このところ彼女は、気がつけば水槽に顔を寄せ、その生き物の一挙一動に視線を注いでいる。魚が変形を始めた時に見せたような怯えの気色《けしき》は、もはや微塵《みじん》もない。それどころか彼女の目には、この世にこれほど愛《いと》しいものはないとでも云いたげな表情がありありと浮かんでいた。今や私よりも彼女のほうが、それに対して遥《はる》かに強い執着（愛着と云ってもいい）を持っているようにさえ思え、私の中の不安は微妙に波立った。

そうして、五月に入ったある日のこと。

夕刻、非常勤講師の仕事から帰った私は、夫の帰宅にもまるで気づかず出窓の水槽を覗き込んでいる彼女を見つけ、続いて、その唇から洩《も》れる囁き声を耳にとめた。

「……いい子ね。早く大きくなるのよ」

8

さらに幾日かが過ぎ、水槽の生き物に新たな変化が起こった。

この時点に至って、私のそれに対する感情はすでにネガティヴな方向へと傾斜しはじめていたように思う。徐々に加速しつつ膨らんでくる不安に加え、そこには漠然としたある予感があった。そしてそんなおのれの心の状態を、正直云って私は持て余していた。自分は何をしたいのか、何をするべきなのか、まったく判断がつかなかったのだ。

繭《まゆ》――。

まぎれもなく、それは繭だった。

その朝水槽を見てみると、そこに例の蜥蜴の姿はなく、代わりに真っ白な糸でできた繭があったのである。

日常的な尺度感覚に従えば、それは「巨大な」繭だった。横から見ると、長径が二十センチはありそうな楕円《だえん》形をしている。水槽いっぱい蜘蛛《くも》の巣のように糸が張り渡されたその中央に、それはずっしりと固定されていた。

「この中にいるのね」

呆然《ぼうぜん》とする私の横で、由伊は嬉しそうに目を輝かせた。

「変わるのよ、また」

云われなくても分かっていた。

そうだ。この白い巨大な繭の内部で、あれはまた変化しようとしているのだ。魚から蜥蜴へ、そして今度は……？

私は水槽から目をそむけ、傍らの由伊からも目をそらし、その目をきつく閉じてゆるゆると頭を振った。瞼の裏の闇の中で、何物かがかすかに身じろぎする。喉《のど》の奥から込み上げてくる声を懸命に呑《の》み込みながら、私はいっそう強く目を閉じた。

9

繭ができて何日めの夜だろう。私は夢を見た。

言葉にしてしまえば呆気《あっけ》ないようなものだけれど、それは長い——おそらく私がこれまで見た夢の中で最も長い——夢だった。

……由伊がいる。

場所は裏山のあの小さな池——呼子池のほとりだ。

彼女は身頃のたっぷりとした白いワンピースを着て、池の縁に坐っている。少し離れた場所に折りたたみ椅子を据え、私は几帳面《きちょうめん》な手つきで釣りの仕掛けを作っている。

また餌を忘れてきたことに気づく。

取り返しのつかないミスを犯してしまったような気分になって、私は溜息《ためいき》を落とす。由伊は笑いながらこちらを見ている。けっきょく私は、針には何も付けず竿を振る。

びゅんと空気を切る音が突然、由伊の悲鳴に変わる。

私は狼狽《ろうばい》する。釣り針が彼女の服に引っかかってしまったらしい。見ると、下から上へ引き裂かれるようにしてワンピースが破れ、次の瞬間には、全裸になった彼女の身体が岸辺に横たわっていた。

由伊の悲鳴は長々と続く。両手の爪で真っ黒な地面を掻《か》き毟《むし》りながら、池に向かって大きく足を広げる。

駆け寄って由伊の顔を覗き込み、私は立ちすくむ。

甲高い悲鳴を上げつづけながらも、彼女の表情は笑っているのだ。両手はますます激しく地を掻き毟る。身体が少しずつ池のほうへ滑っていき、やがて爪先《つまさき》が水に浸る。澱んだ水面がざわめく。

『変わるわ』

不意に彼女が言葉を発した。

『変わるの、もうすぐ』

云うやいなや、彼女の肉体が変化しはじめる。

肌が見る見るうちに色を失い、とともに下腹部が丸く膨らんでいく。膨らみは腹から胸へ、胸から腕や首へと広がっていき、ついには彼女の身体そのものがそれに取り込まれてしまうような恰好《かっこう》で、巨大な白い繭ができあがった。

取り乱して喚《わめ》き立てる私をよそに、次の変化が起こる。

繭の中央に亀裂が走る。そこから噴き出す血のような液体が、暗緑色の池を一瞬にして赤く染めかえる。そして——。

まっぷたつに割れた繭の中から、ぬらぬらと光る気味の悪い生き物が這《は》い出してきた。

真っ赤な液をしたたらせながら、まっすぐに私のほうへ向かってくる。

魚ではない。蜥蜴でもない。四本の脚。細く長い尻尾《しっぽ》。体は鱗ではなく、短い毛で覆われている……。

これは「鼠《ねずみ》」だ。

10

夢から覚めると、私は何かを頭で考える前にベッドから飛び出していた。その音に驚いて、隣のベッドで眠る由伊が目を覚ました。

「どうしたの」

寝ぼけた彼女の声に答えもせず、私は寝室を出てリヴィングに向かった。

もう夜が明けたあとだった。黒いブラインドの隙間《すきま》から、朝の光がそろりと忍び込んできている。

私は出窓の前に立ち、水槽の蓋を開けた。そして、張り巡らされた白い糸の中に右手を突っ込むと、例の繭を鷲摑《わしづか》みにした。粘着質の糸から力任せにそれをもぎとり、外へ引きずり出す。

繭は予想外に硬く、生温かく、まるで人肌のような手触りだった。その感触は、私の内に膨れ上がった激情をいやがうえに掻き立てた。

　繭を右手に持ったまま、私はテラスに向かった。サンダルをつっかけて外へ踏み出そうとした、その時——。

「どうしたっていうの」

　背後で由伊の声がした。私は黙って振り向いた。白いパジャマ姿の彼女は、私の手が摑んでいるものを認めると、とたんに形相を変え、これまで一度も聞いたことがないような叫び声を発して飛びかかってきた。

「何するの！」

　彼女が私の許に到着する前に、私は繭を摑んだ右手を大きく頭上に振り上げていた。テラスの床に叩きつけるつもりだった。踏み潰《つぶ》してしまうつもりだった。そうしなければならない。でないと、とんでもないことになってしまう。

「あなたぁ！」

　右手を振り下ろす——その直前に、由伊の両手が私の肩に絡みついた。

「やめてよ。やめてぇ！」

「放せ」

　私は妻以上に激昂《げっこう》して叫んだ。

「これが何だか、分かってるのか」

「返して。返してったら」

「この中から何が出てくるのか、分かってるのか」

この巨大な繭の中から、やがて新たな「進化」を終えて出てくるもの。それはさっきの夢で見たあの血まみれの鼠かもしれないし、あるいはもっと別の形をした哺乳類《ほにゅうるい》なのかもしれない。しかし、それが近い将来さらなる変化を遂げ、最終的に何になろうとしているのか、そのとき私は、恐ろしい確信として心に描くことができた。

「許されるはずがないだろう、そんな——そんなことが」

「返してよ。お願いだから、返してよぉ」

由伊の力は凄《すさ》まじかった。肩に爪を喰い込ませて、ものすごい勢いで前後に揺さぶる。

振り上げた腕が痺れ、繭を握った手が緩んだ。

「あっ」

叫ぶと同時に、繭は私の手を離れ、宙に放り出されていた。

「ああっ」

由伊が悲鳴を上げた。バレーボールのレシーヴァーさながらに身を躍らせ、落下する繭に飛びついていく。見事に繭を受け止めると、そのまま勢い余って、朝露で湿ったテラスの上を転がり、屋根を支えた柱に背中をぶつけて止まった。

「来ないで」

歩み寄ろうとする私に、彼女は鋭い声を投げつけた。ぶるぶると首を振りながら身を起こし、繭を胸に抱き込んだ彼女の目は、思わずあとずさりさせられるような激しい怒りと憎しみの光を放射していた。

「来ないで。──殺さないで。お願い」

「しかし由伊……」

「嫌よ。嫌あっ！」

ひときわ高く叫んだかと思うと、彼女は両手で包み込むようにして繭を持ち上げ、愛おしげに頬《ほお》を寄せた。

「可哀想《かわいそう》に。あたしの赤ちゃん」

ああ……もちろん、彼女はとっくに気づいていたのだ。私よりもずっと早くからそれを知っていたのだ。

「あなた、自分の赤ちゃんを殺すつもり？」

「僕は……」

私はよろめき、壁に背をつけた。

「──分かってるよ」

「そんな。何にも分かっちゃいないわ」

「分かってるんだ。けれども……」

その時、坐り込んだまま私をねめつける由伊の口から小さな声が洩れた。と、その手の中からぽろりと繭が転げ落ちる。由伊はまた小さな声を上げ、慌てて繭を拾おうとした。ところが——。

伸ばした彼女の手が、繭に触れる寸前で止まった。私の立った位置からでも、そのわけが分かった。茶色いタイル張りの床の上に転がった繭が、それ自身の力でもぞもぞと動いているのだ。

私は身を凍らせた。喋《しゃべ》ることはおろか、満足な呼吸さえもできずに、異様な、そしてどこかしら危うげなその動きを見つめていた。由伊も同様だった。

私たちが見守る中、繭の動きはだんだんと速く、大きくなっていき、やがてふっと停止した。由伊の唇が震えた。何か言葉を発しようとしたらしいが、それは声にならず呑み込まれた。

「あ……」

声を出したのは私のほうだった。

ぴっ、とかすかな音が聞こえたようにも思う。それとほぼ同時に、繭の表面がゆっくりと裂けはじめた。

耐えきれず、私は目を瞑《つぶ》った。中から出てくるものの姿を直視する勇気がなかったのだ。奥歯を喰いしばり、全身の力を両の瞼に集め、このまま永遠にこの目を開くまいとすら思った……。

「あなた、ほら」

由伊の声を間近に聞き、私はさんざんためらったあげく、恐る恐る目を開いた。どのくらいの間、目を閉じていたのか分からない。そのとき彼女はすでに床から腰を上げ、私のそばに寄り添うようにして立っていた。

私は由伊の顔を見た。その表情からは、先ほどの激しい怒りと憎しみの色がすっかり消え去っている。

「あなた、見て」

促され、私は彼女の手に視線を下ろした。

「——え？」

「ほらね」

「これは……」

「繭から出てきたの」

彼女の手に抱かれたそれは、鼠などではなかった。私はおのれの目を疑った。もう一度強く目を瞑り、大きく深呼吸をしてから開いてみる。

白い——この世のものとは思えぬほどに真っ白な、柔らかそうな羽毛をまとった、華奢《きゃしゃ》で可憐《かれん》な生き物が、そこにはいた。

「きれいな鳥……」

優しい声で云って、由伊は穏やかな微笑を頬にたたえた。

「ね、こんなにおとなしい。あなたのこと、見てるよ」

やがて由伊の掌の上で、それはぶるりと翼を広げた。「生まれた」ばかりだというのに、その純白の翼にはもうみずからを支える生命の力強さが溢《あふ》れている。

進化は繭の中で枝分かれしたのだ。ということは……。

白い鳥がはばたいた。由伊が歓声を上げ、つられて私も、言葉にならない大声に喉を震わせた。

私たち二人の声が出発の合図ででもあったかのように、鳥はふわりと宙に舞い上がった。

そして、五月のまだ冷たい朝の空気の中を、呼子池のある裏山の緑めざして飛び去っていったのだった。

Histoire d'œil

特別料理

Ayatsuji Yukito

1

店の名は《ＹＵＩ》という。

神無坂《かんなざか》の外れ——繁華街から住宅街へと次第に風景が切り替わり、大通りの喧噪《けんそう》がふと遠ざかろうとしはじめたあたりにある。周囲の家々とはちょっと佇《たたず》まいの異なる洒落《しゃれ》た洋風三階建ての建物なのだが、レストランと呼ぶには必要以上に愛想のない構えだった。

てっぺんに半球形のランプが付いた石造りの門柱があって、看板と呼べるような大きささでもない白い札がそこに出ている。控えめな文字で《ＹＵＩ》という店の名前が、その下に、さらに控えめな文字で「特別料理」と記されている。

ここが実は、その筋ではなかなか有名な店なのだという。日本広しといえども、これほど充実した内容を誇るレストランは他にありますまい——と、そもそも私に《ＹＵＩ》の存在を教えてくれた咲谷《さきたに》氏は云《い》っていた。

咲谷氏と出会ったのは、この四月のことである。

私が勤めるＲ＊＊大学文学部の研究室で、四月下旬にいわゆる新入生歓迎コンパが開かれたのだが、その二次会で流れた居酒屋でフジツボの料理が出された。岩礁や船底にびっしりと着生する、あのフジツボである。

たくさんのフジツボが、お互い複雑にくっつきあって岩のようになっていた。それが大きな皿の上にごろりと置かれて出てきたのだから、これは異様なことこの上ない。

学生も院生も、同じテーブルにいたみんなは気味悪がって食べようとしなかったのだけれど、私は独り嬉々《きき》としてそれに箸《はし》を伸ばした。迂闊《うかつ》にもこれまで、フジツボというものを一度も食べてみたことがなかったからだ。磯の香りと蟹《かに》に似た味がして、ごく普通の意味でまずまずの美味だった。

その様子を、咲谷氏は隣のテーブルから見ていたのだという。そうしてすぐ、ここに同好の士がいると判断したらしいのである。

「変わった食べ物がお好きなようですな」

いきなりそんなふうに声をかけられた。彼は五十代後半の恰幅《かっぷく》の良い紳士で、もう春だというのに、そして店の中だというのに、両手に黒い手袋を嵌《は》めていた。

「神無坂の《YUI》という店はご存じですかな。ぜひ一度、行ってごらんになるとよろしい。きっと満足されますよ。ふりの客は断わられることもありますが、私の紹介だと云えばまず大丈夫でしょう。名刺をお渡ししておきましょうか。ついでに地図も描いてさしあげましょう」

手渡された名刺を見て、私は彼が咲谷辰之介《しんのすけ》という名前であることを知った。肩書きには「医学博士」とだけあった。

考えてみればどうにも胡散臭《うさんくさ》い話だが、にこやかに微笑《ほほえ》む相手の丸顔を見ていると、よけいな疑念を抱く気にはなれなかった。こんな場所で期せずして趣味を同じくする人間と出会ったことが、何となく嬉《うれ》しかったというのもある。

それから一ヵ月後、五月下旬のある日――。

妻の可菜《かな》と二人で、久しぶりに神無坂方面へ出かける機会があった。その際にたまたま、私たちは《YUI》の前を通りかかったのだった。

うっかりしていると見過ごしてしまいそうな門柱の札に目をとめて、私は「ああ、ここか」と呟《つぶや》いた。思わず立ち止まり、上着の内ポケットから札入れを引っ張り出した。一ヵ月前に咲谷氏から貰《もら》った名刺が、まだその中に入っているはずだったからである。

名刺の裏に描かれていた地図を確認する。間違いなかった。これが彼の云っていたあの店なのだ。

「ここ、入ってみよう」

衝動を抑えることができず、私は可菜に向かって云った。

「有名な店なんだ。前から一度、来てみたいと思っていたんだ」

結婚して、この夏でまる二年になる。可菜は私よりも六つ年下の二十五歳である。

私はR＊＊大の文学部哲学科で研究室の助手をやっている。わが学部の助手職は一名

「救済助手」——つまり、就職先が見つからないオーバードクターに何年かの期限付きで職を与えるという意味での地位なので、そろそろ本腰を入れて専任講師の口でも探さねばならないのだが、残念ながら今のところあまり明るい見通しはない。

可菜はと云うと、ありがたいことにけっこうな金持ちの娘で、親に出資してもらって自分のカットハウスを経営している。大学助手の給料など高が知れたものだから、経済的には私のほうがおんぶにだっこの現状である。子供はまだいないし当面作る予定もないが、髪結いの亭主とはまったくよく云ったものだと近頃とみに思う。

「ユイ?」

可菜は門柱に目をやり、何となく不安そうに小首を傾げた。

「何のお店なの。『特別料理』って書いてあるけど、どんな。フランス料理? イタリア料理?」

「変わったものばかり食べさせるところらしい。『特別』っていうのはそういう意味だろう」

「変わったものって……たとえば?」

「僕も入るのは初めてだから何とも云えないが。しかしそうだな、たとえばほら、本場の中華料理なんかだと、いろいろ変わったものがあるだろ。ニシキヘビだとか冬虫夏草だとか」

「ニシキヘビ？　トウチュウカソウ？」

と、可菜はびっくりしたように目を丸くする。

「フランス料理でも、ヒツジや何かの脳味噌《のうみそ》を食べたりするだろう。オーストラリアじゃあカンガルーも食べる」

「脳味噌？　カンガルー？」

可菜はぶるぶると首を振った。

「まさか。マジ？　そんなのあたし、食べられないわ」

「まあまあ、そう云わずに」

「やーよ。だってそんなの、ゲテモノ喰《ぐ》いじゃない」

ゲテモノ喰い。イカモノ喰い。悪食《あくじき》。

ありていに云えば、まさにそのとおりなのだが。

可菜は露骨に嫌そうな顔をしている。それも当然だろう。知り合ってから今日に至るまで、私はまだ一度も、「食」に関する自分のそのような嗜好《しこう》を彼女に見せたことがなかったのだから。

「僕にそういう趣味があると知って驚いているわけかな」

まっすぐに可菜の目を見つめ、柔らかな威厳を含んだ口調で云った。ここはもう、教育的指導に打って出るしかない。

「いいかい。つまらない先入観はまず捨てなさい。そもそも君には『ものを食べる』という行為をきちんと相対化して捉《とら》える視座が欠けている。これは悲しいことだよ。非常に悲しいことだ」

「そんなこと云っても」

「じゃあ訊《き》くが、君はタコやイカは何の抵抗もなく口に入れるだろ。ナマコやシャコも好きだったね。魚の生け造りだって喜んで食べる。納豆だって食べる。たとえばテキサスの田舎町に住んでいる人々の目には、それがどれほど気色の悪い行為に見えるか、想像するのは簡単だろう。彼らにしてみれば、日本人はとんでもないイカモノ喰いの集まりってことになる」

「そりゃあそうかもしれないけど……でも、ヘビは嫌。脳味噌も嫌よ。スズメの姿焼きだってあたし、怖くて食べられないのに」

「ああ、可哀想《かわいそう》に。ほんっとに君は、ありがちなことに囚《とら》われてるんだねえ」

私はわざと大袈裟《おおげさ》に溜息《ためいき》をついた。

「『ものを食べる』という、本来動物の本能的な行為でしかなかったものを、人間は長い歴史の中で文化の域にまで高めた。なんて云うと聞こえは良いが、つまるところ文化というのは当該社会の〝制度〟のひとつに他ならない。制度とはつまり、一定以上の規則性をもって事実的に反復される行動様式だね。それは僕たちのモータルな欲求を有効に充足させるものであると同時に、行為者の間で共有された価値によって正当化されたものでなければならない。そして当然ながら、いったん形成された制度はおのずと強い支配力・拘束力を持つようになる。当該社会の成員として僕たちは、不断に有形無形の制度的圧力を受けつづけなければならない宿命にあるわけだ。ところで、いいかな？　真に芸術的なるものを考えてみる時、それは極論すれば、この圧力にぎりぎりの抵抗を試み、突き破るところからしか産み出されえないものなのだよ。もちろん君も、そのくらいのことは承知しているよね」

「——そ、そうね」

こわばっていた可菜の表情が微妙に和らぎつつあるのを見て取って、私はここぞとばかりに大きく頷《うなず》いてみせた。

なかなかの美人で、カットハウスの経営も無難にこなしている彼女なのだが、はっきり云って頭はあまり良くない。そしてその裏返しとして、哲学とか文学とか芸術とかいう言葉にめっぽう弱いのを、私は十二分に心得ていた。たとえばこのような特殊な局面であっても、曲がりなりにも「研究者」の肩書きを持つ私が少し分かったような分からぬような講釈を垂れれば、それですっかり「分かった」気になって態度を変化させてしまうことが多いわけである。

「さて、そこでだ」

私はいかにももっともらしい調子で続ける。

「ゲテモノ喰い、イカモノ喰いといった行為は従って、僕たちがこの社会の制度的圧力下で実現しうる真の芸術の一形態であるとも云えるわけだよ。分かるね、可菜」

「あ……うん」

「現代のこの国は、至るところに食べ物が溢《あふ》れ返っている。飢えを凌《しの》ぐために仕方なく普通は食べないようなものを食べる、というのとは根本的に意味が違うわけだ。こんな豊かな時代、豊かな世の中にいて、なおかつあえて、常識すなわち制度的な思考からは逸脱するようなものを食べる。どうかな。これはまさに、芸術を産み出す精神から敷衍《ふえん》されることだとは思わないかな」

「うう……芸術。そうかもね」

「絵画や彫刻といったアートは人間の視覚に訴えかける。音楽は聴覚に訴えかける。そしてそれぞれの芸術には、その最先端を行く前衛芸術がある。まったく同様に、味覚においても僕たちはアヴァンギャルドをめざすべきなのではないか。そうだ。アヴァンギャルドだ。世紀末が目前に迫った今の時代であるからこそ、僕たちはより積極的にそれを志向せねばならないのであって……」

何とも子供じみた、そしてでたらめな言葉を連ねているものだとだんだん卑屈な気分にもなってきた。しかし、耳を傾ける可菜は真剣そのものである。私の口許《くちもと》を見つめる眼差《まなざ》しはいよいよ熱っぽい。

「……だから可菜、君もここで一度、本格的なイカモノ喰いを体験してみるべきだと僕は考えるわけなんだがね。どうだろう。むろんどうしても嫌だと云うのなら、無理じいしたりはしないが」

「そうね、そうね」

幾度も頷きを繰り返すと、彼女は私の腕に手をまわした。

「味覚の芸術ねアヴァンギャルドね。さああなた早く入りましょ」

かくして私たちは《ＹＵＩ》の入口へと向かったのだった。

2

私がいわゆるイカモノ喰いを好むのはしかし、可菜に云って聞かせたようなことを真面目に考えているからではない。七面倒臭い理屈抜きの、もっと生理的なレヴェルの欲求のためである。

ただ食べたいから食べる。突き詰めて云ってしまえば、それだけのことなのだ。

ひとつのきっかけが、あった。

私がまだ大学生の時の話である。

学生向けの安アパートで独り暮らしをしていた当時、仕送りが少なく経済的に苦しかったという事情もあって、私はまめに自炊生活を続けていた。食費をなるべく抑えて、そのぶんを専門書の購入に使おうという、われながら涙ぐましい意図もあった。自分で云うのも何だけれど、つまり私は、当時としてはもはや珍しかった「苦学生」の一人だったというわけである。

何日かごとに大学の生協で手頃な食材を仕入れてきては、適当に煮るなり焼くなりして食べていた。いま思うと、まことに侘《わび》しい食生活だった。

そんなある日——二年生の夏だったと思う——の夕食で、私はカレーライスを作って食べた。「作って」と云っても、実際に材料を買ってきて調理したのはそれよりも幾日か前のことだった。大きな鍋《なべ》いっぱいに大量のカレーを作っておいて、毎食火を入れ直して食べていたのだ。いま思い出すと、これも相当に侘しい話である。

薄暗い四畳半の部屋で独り、読みかけの本を開きながらカレーライスを食べた。空腹を満たす、そのことのみを目的として、機械的にスプーンを口に運んでいた。ところが、その何口めかで——。

かりっ、という何だか変わった歯応《はごた》えを感じたのだった。妙な味がじわりと口に広がったようにも思ったが、あまり気にするでもなく飲み込んだ。

読んでいた本から視線を上げて、スプーンを皿に戻した。そうしてそこで私は、何やら異様なものがカレーの中から姿を覗《のぞ》かせているのに気がついたのだった。

真っ黒なちりめんじゃこのようなものが何本か。そして、それらがくっついた濃い茶色の物体。——脚と胴体、であった。胴体のほうはまっぷたつにちょん切れている。

今さっきの歯応えが何だったのか、私はようやく悟った。

ゴキブリが一匹、作り置きのカレーの鍋にまぎれこんでいたらしい。大きさや形、色から見て、クロゴキブリの成虫である。それに気づかず、食べてしまったのだ。

不思議な話だけれど、普通に考えれば何ともおぞましいその事実に対して私は、口に手を当てたり呻《うめ》いたり、水を飲んだり食べたものを吐き出そうとしたり……といった反応を起こすことはなかった。ショックがなかったとは云わないが、それよりもむしろ、
いま俺はゴキブリを食べたのだ
という変に醒《さ》めた、客観的な認識のほうが先に立って頭を支配し、やがてそれは次第に「感激」と云ってもいいような奇妙な感情に変わっていった。

私は恐る恐るスプーンを握り直すと、皿に残っているゴキブリの下半身（だったように思う）をカレーライスと一緒に掬《すく》い取り、口に入れた。目を瞑《つぶ》り、ゆっくりと嚙《か》んだ。

くちゅ、と胴体の潰《つぶ》れるのが分かった。

カレーの味に何とも云えぬ微妙な苦みが混じった。

すかさず飲み込んだ。

おぞましいという気持ちも確かに抱いたが、それよりも大きな満足感めいたものがあった。自分の作った料理を食べて、これほど「うまい」と感じたことは一度もなかった。以来である。

ひたすら味気なく侘しかった食生活が一変したのだった。

私はゴキブリだけではなく、もっといろいろな、普通なら誰も食べそうにないようなものを次々に試してみた。カタツムリやナメクジのたぐいからバッタやトンボ、カエルにオタマジャクシ、クモにミミズにネズミなどなど。ちょっと目先を変えて、各種練り歯磨きをライスにかけて食べてみたりもした。単純に「うまい」と感じるものもあったし、そうではないものも多くあった。

だが、その夏が終わる頃にはもう、「うまい」「まずい」はさしたる問題ではなくなっていたのである。

たとえば、アパートの廊下で捕まえたヤモリを醤油煮《しょうゆに》にして食べたとする。肝心なのはその味の良し悪しではない。

いま俺はヤモリを食べているのだ

という生々しい実感こそが、私の飢えた心に何物にも代えがたい充足をもたらすようになったのである。

予約を入れていなかったのでだめかなという危惧《きぐ》もあったのだが、存外にすんなりと店内へ通された。「この方の紹介で」と云って示した咲谷氏の名刺が、大きな効力を発揮してくれたようである。

他にも幾組かの客がいた。熟年のカップルに若い女性のグループ、一人で来ているサラリーマン風の中年男性……と、意外に客層はさまざまである。予想していたよりもずっと広いフロアに、テーブル同士の間隔もゆったりしているので、彼らの話し声はかすかなざわめきのようにしか聞こえてこない。

メニューを持ってきてくれた店員は五十がらみの禿《は》げた小男で、黒いスリーピースに臙《えん》脂色《じいろ》の蝶《ちょう》ネクタイ、両手にはなぜか白い手袋を嵌めていた。血色の良い卵形の顔に、何となくあの咲谷氏を思い出させるにこやかな微笑をたたえながら、

「ご注文は基本的に単品でお伺いしておりますので、ご了承くださいませ」

と慇懃《いんぎん》に告げた。

「赤い☆印のシールが貼ってありますのが、本日ご用意できるものでございます。お値段が『時価』となっている品が少なからずございますが、ご遠慮なくお尋ねくださいますよ

う。調理法や味付けについてのご要望がございましたら、どうぞご相談を。――では、ごゆっくり」

胸を高鳴らせつつ、私は分厚いメニューを開いた。そしてそれは、決して私の期待を裏切るものではなかったと云える。

ざっと見たところ、料理は［肉］［魚］［虫］の三つの項目に大別されている。たとえばフランス料理風に、オードブルからポタージュ、ポアソン、アントレといったような形式を踏まえた構成ではまったくない。

その点がまず、気に入った。

店の前で可菜を相手に喋《しゃべ》った理屈ではないが、「人が食べないようなものを食べる」というのはとりもなおさず、「食文化」という制度からの確信犯的な逸脱行為なのである。それが、既存の制度以外の何物でもない「〇〇料理風の食事形式」に組み込まれてしまうのは、どうにも寂しいと云うか、興醒めな話ではないか。――そんな思いを漠然と抱いていたものだから。

もうひとつ、私が多少なりとも気に懸けていたのは、この店の「特別料理」の名の下に集められた食材が、いわゆる「珍味」の方向へと必要以上に偏ってはいないか、という問題だった。そうであってほしくはないのだが、と懸念していたのである。

可菜などにしてみれば同じようなものなのかもしれないけれども、「珍味」と「イカモノ」「ゲテモノ」とでは、その意味内容はずいぶん異なってくる。

分かりやすい例を挙げるなら、チョウザメの卵の塩漬け、すなわちキャビアを海産の珍味として喜ぶ人は多かろうが、同じものを指してイカモノとは決して云わない。穴燕《あなつばめ》の巣やフグの白子、カラスミなんかにしても同様である。中国で古来「八珍《パァツェン》」と呼ばれて珍重されているツキノワグマの掌《てのひら》やフタコブラクダの瘤《こぶ》なども、イカモノではなくやはり珍味の部類に属する素材だろう。

そもそも珍味とは「めったに味わえない美味な食べ物」なのであり、これは美食の対象となる。一方、イカモノあるいはゲテモノは漢字で「如何物」「下手物」と書くのを見ても明らかなように、「まがいもの」「こんなものはどうかと思われるような風変わりなもの」を示すわけで、これを食する行為は悪食と呼ばれることになる。

もっとも、実際には珍味であってもイカモノ感の強いものや、その逆も多く存在するだろうから、話はそうそう単純ではない。「味」の代わりに「薬効」という価値が基準に持ち出されたりすると、話はますますややこしくなってくる。

ところで、私の個人的なこだわりはあくまでもイカモノ喰いにある。高価な山海の珍味をどれだけ豊富に集めてあっても、さほどありがたくはないのである。その点、この店のメニューは私のような客にとってはまことに嬉しいバランスで食材が取り揃えられているのだった。

自分のメニューに視線を落として「ああ」とか「うう」とか声を洩《も》らしている可菜を後《しり》目《め》に、私はずらりと並んだ料理の数々を順に追っていく。

それぞれの品目には「ムニエル」だの「空揚げ」だの「ソテー」だの「照り焼き」だのと雑多な調理法が付記されているが、私の目はもっぱらそこに並んだ食材の名前のみを拾い上げる。方法ではなくて素材こそが、私にしてみれば第一の問題なのだから。

まずは［肉］料理――。

ここには基本的に哺乳類《ほにゅうるい》、鳥類、爬虫類《はちゅうるい》、両生類が含まれるようだった。哺乳類であるイルカや爬虫類であるカメが次の［魚］のほうに入っていたりするが、べつに動物学的な分類をしようというわけではないのでかまわない。

ウシやブタ、ウマ、ウサギといった食用として一般的な動物であっても、使われているのは脳や睾丸《こうがん》、ペニスなど特殊な部位ばかりだ。イヌ肉ネコ肉ネズミ肉、これらは「常時各種、取り揃えております」とある。中国産のハクビシンもある。☆印は付いていないけれど、イタチやモグラ、コウモリにムササビなんかも載っている。サルの肉も入ることがあるようだが、はて、どのような種類のものをどのようなルートで仕入れているのか、興味深いところである。

鳥ではカラスとトンビが目についた。これは立派なゲテモノである。ニワトリやウズラの半成雛《はんせいびな》、というのもなかなかそそられる。半成雛とはつまり、なかば孵化《ふか》しつつある有精卵のことだ。蒸して殻を剝《む》き、中の汁を飲む。それから産毛の生えかけたヒヨコの半成品を頭からばりばりと食べるのが良い。中国南部や東南アジアでは、とりたてて珍しくもない食べ物だそうな。

爬虫類のメインはやはりヘビだろう。マムシから始まってシマヘビ、アオダイショウ、ヤマカガシにハブと、国産のものはひととおり並んでいる。ボアやコブラ、ガラガラヘビといった輸入物の名も見られる。

ワニにトカゲ、ヤモリにイモリにサンショウウオ。カエルもウシガエル（いわゆる食用蛙）だけではなく、トノサマガエル、アマガエル、アカガエルにヒキガエルと多くの種類を用意しているところが嬉しい。ヒキガエルについては、耳腺《じせん》から分泌される毒液の刺激を楽しむという手もある。決して美味ではないが、フグの肝を喰うのに比べたら遥《はる》かに安全だろう。

次の［魚］についてはおのずと、正しくは魚類に含まれないようなものが多くなる。水産動物一般、とでも云うのが適当か。

正真正銘の魚料理では、「ランチュウの姿造り」というのが目を引いた。かなり値の張る代物である。他に趣向として面白いのは、「ドジョウとメダカのミックス柳川《やながわ》」。オプションでオタマジャクシも入れられます、とあるのがなかなか心憎い。

エビ・カニのたぐいでは、アメリカザリガニやヤドカリといった小物のあとに、カブトガニという大物が控えている。二億三千万年前の昔から現在の形で生息しつづけているというこの「生きた化石」は、日本では確か天然記念物の指定を受けているので、きっと大陸からの輸入品だろう。中国やタイの市場なんかでは普通に売られているらしいから。

各種カメ料理。咲谷氏との出会いのきっかけとなったフジツボもあるし、同じ甲殻類《こうかくるい》のカメノテもある。その他にも、イソギンチャクにヒトデのたぐい、ウミウシ、タツノオトシゴなんていうのもある。

圧巻なのは「仔《こ》イルカの兜焼《かぶとや》き」。イルカ・クジラ大好きの欧米人が見たら、それこそ目を剥いて卒倒しかねない過激な一品。

さて、あと残るは［虫］料理である。イカモノ喰いの王道はやはり何と云ってもこれだろう、と私は思う。

ハチの子やイナゴといった無難なところから始まって、さまざまな昆虫の名前が列記されている。すでに自分で試してみたことのあるものも多いが、これだけの種類が一堂に取り揃えられているとなると壮観だった。☆印の付いている品は全体の何分の一かしかないけれども、季節の問題や仕入れのルートなんかを考えるとそれも無理はあるまい。

各種セミの空揚げ。広東《カントン》料理で「蚱蝪蜢《ツアーツアーモー》」と呼ばれているのは有名だが、羽化寸前のものを使うのがいちばんうまいらしい。中国では同様にサソリを空揚げにして食べるが、これもここでは［虫］の項に含まれている。コオロギの空揚げというのも、あちらではポピュラーな料理だと聞く。

カミキリムシの幼虫は俗にテッポウムシと呼ばれ、生で食べると甘くて美味だ。カブトムシをはじめとする甲虫類は概して、幼虫成虫ともに焼くと香ばしい匂いがしていける。バッタ類各種。アゲハチョウの幼虫（いわゆる芋虫）を筆頭に、毛虫類も各種ある。サクラケムシは中でも優れもので、天ぷらにすると絶品である。マツケムシは生焼けが良い。カイコは蛹《さなぎ》の段階が食べごろだ。スズメガは鱗粉《りんぷん》を黄粉《きなこ》に見立てて食べる。「各種ハエの寄せ揚げ」というのがある。ウジもなかなかいける。ほんの少しだけ火を通して半生で吞《の》むのが通のやり方だろう。ムカデ、ヤスデにゲジゲジ。ジョロウグモは苦みの強いチョコレートといった味がする。ちょっとマニアックなところで、フナムシやマダラカマドウマというのもある。

ゴキブリ料理も種類が豊富だった。おなじみのクロゴキブリ、ヤマトゴキブリをはじめとして、小型のチャバネゴキブリ、太っちょのワモンゴキブリ、羽根が退化して鱗状《うろこじょう》になったサツマゴキブリ。「どれも当店で五代養殖したものです」という注釈が付いている。衛生上の問題はないとアピールしたいわけだろう。

なるほどなかなか良心的なものだな、とも思うが、個人的にはべつにそれが偽りであったとしてもかまわない。むしろ、わざわざこんなふうに気遣いをされてしまうと、何となく鼻白んだ気分になってしまうのがイカモノ喰いの人情というものである。

私が舐《な》めるようにしてメニューの隅々にまで目を通している間、可菜のほうはずっと「ああ」「うう」と声を洩らしつづけていたのだが、そのうち大きくひとつ溜息を落とした。見ると、すっかり表情がこわばり、顔色も蒼《あお》ざめてしまっている。

「ねえあなた、あたしあんまり食欲がないから、何か普通の飲み物だけ貰うわ」

弱々しくそう訴える彼女を、私は鋭い眼差しで見据《みす》え、

「それはないだろう」

と諭《さと》した。

「せっかくなんだから、せめて酒のつまみにイトミミズの味醂煮《みりんに》くらいは試してみてはどうかな」

「ミ、ミミズ……」

「もちろん強制はしないがね。結局のところこれは、君自身が果たして『ものを食べる』という普遍的な行為をいかに自由な芸術的発想・感性でもって捉え直せるかという問題なんだから」

「………」

「あくまでも君が、凡庸な社会の制度的圧力の下で、みずからの周囲に硬直した壁を巡らせ、その中で満足しようというのならばそれでもかまわないさ。ただね、この飽食の時代における味覚のアヴァンギャルドの、現代哲学をも包み込んだ価値に自覚的であるのなら

ば……」

口から出任せにそれらしき文句を連ねていくと、可菜の反応は顕著である。蒼ざめていた頬《ほお》をにわかに紅潮させ、感きわまったかのように目を潤《うる》ませる。

「ああ、そうね。そうよね。やっぱりあたしおなか減ってきたわ。食べるわあたし頑張って食べるわ」

そう云って、彼女は自分のメニューを私に渡した。オーダーは任せる、という意思表示だろう。テーブルの上からグラスを取って中の水を一気に飲み干すと、芸術よ芸術だわああ何て芸術なのかしらなどと独り呟きはじめる。

少しく迷った末、私は☆印の付いた品の中から、「ハツカネズミとハムスターとモルモットのミックスグリル」と「チャバネゴキブリ入り特製チャーハン・ミジンコ風味」を、可菜には「ウシガエルとそのオタマジャクシとその卵の親子三代シチュー」を注文した。飲み物は、珍しいところで「イグアナ酒」というのを選んでみた。

「それからもうひとつ、このカマキリのガーリック炒《いた》めもいただこうかな」

注文は先ほどの禿げた小男が取りにきた。

「ハリガネムシを持ったやつだったら、それを別にしてさっと湯通しして、できれば酢の物にして出してもらえますか」

「承知いたしました」

男の顔にふと、「できるな」とでも云いたげな笑みが滲《にじ》んだような気がした。

初めてカマキリを食べた時のことは、いまだに忘れられない。雌のオオカマキリだった。羽根と脚を毟《むし》り取ったあと、丸々と太った緑色の腹を嚙み破ると、中からハリガネムシが蠢《うごめ》き出てきたのである。細くて黒い、あのぐねぐねしたやつである。長いものだと一メートルにもなるという。ユスリカやフタバカゲロウの幼虫を移動宿主として、カマキリやキリギリスの体腔《たいこう》に棲《す》みつく寄生虫だ。もよもよと舌にまとわりついてくるあの感触は、ちょっと他では得がたいものだと思う。

食前に出されたテキーラベースのイグアナ酒は意外に飲みやすかった。可菜は思いつめた顔でそれを喉《のど》に流し込んだが、何やらそこでひとつ吹っ切れてしまったようである。もともとアルコールにはあまり強くないものだから、その一杯ですっかりハイになってしまったのかもしれない。

やがて料理が運ばれてくると、あれあれというまに自分のぶんをたいらげてしまった。そうして充血した目をとろんとさせながら、

「デザートは何にしようかしら」

などと云いだす。私のほうがびっくりしてしまうほど、完全にその気になっている。

「あ、これがいいな、あたし。『トノサマガエルの卵入り杏仁豆腐《あんにんどうふ》』。きっと卵をタピオカに見立てるのね」

夫婦水入らずの、実に満ち足りた夕食であった。

4

その日以来、私たちはしばしば神無坂の《YUI》へ足を運ぶようになった。

噓のような話だけれど、可菜はたった一度の経験ですっかりあの店の「特別料理」が気に入ってしまったらしい。むやみに他人に云いふらしたりはしないが、たとえばカットハウスの客やアルバイトの女の子なんかと話していて食べ物の話題になった時など、言葉や表情の端々に「あたしはあなたたちとは違うのよ」とでもいった優越感めいた含みが窺《うかが》えたりもする。そして、私と二人で《YUI》へ向かう時には、

「さあさ、今夜は何を食べてアヴァンギャルドしようかしら」

大真面目な顔でそんなふうに云うのだ。

私は今さらながら、自分の言動が彼女に与える影響力の強さを思い知り、満足する一方で何やら空恐ろしくもなるのだった。

二ヵ月も経った頃には、私たち夫婦は《YUI》の常連客として店員たちともすっかりなじみになっていた。そうすると向こうも心得たもので、珍しい食材や旬の品の入荷状況・予定などを細やかに教えてくれる。これは非常にありがたかった。

七月も終わりが近づいたある夜、私たちは初めてこの店のオーナーなる人物を見た。意外なことにこれが、まだ三十歳前後にしか見えない女性で、しかも思わず息を呑んでしまうような美人なのだった。真っ白なスーツをすらりとした身にまとい、そのとき店に来ていた客たちにたおやかな笑みをふりまいていた。

店員から聞いた話によれば、彼女の名前は「由伊《ゆい》」といって、ここしばらく海外へ行っていて店には顔を出せなかったのだとか。苗字《みょうじ》は聞かなかった。店の名は、彼女のその名前から取ったということである。

この店はそもそも彼女が創業したわけなのだろうか。それとも、たとえば彼女の父親か母親が始めた店に、娘の名前を付けたということなのか。

考えだせばいろいろと興味は尽きなかったけれど、べつに深く追及しようとも思わなかった。店主が美人であるのは歓迎だが、それよりも何よりもまず、私の目的はこの店の料理にこそあるのだから。

夏休みで研究室の雑用が少なくなったということもあって、八月は週に一、二度の割合で《YUI》に通った。その間にも幾度か由伊という名の女店主の姿を見かける機会があったのだが、いつも彼女は両手に白い手袋を嵌めていた。他の店員たちにしても、そう云えばみんな同じように手袋をしている。ひょっとすると、何だか妙な話ではあるが、あれは店のユニフォームの一部分なのかもしれない。

　さて、そうこうしてもう九月になろうかという、ある日のことである。

　その夜《YUI》を訪れた私たちは、いつもとは違って建物の二階へと案内された。通されたのは、黒檀《こくたん》の円い食卓が中央に据えられた個室だった。

「店主がご挨拶《あいさつ》をしたいと申しておりますので」

　例の禿げた小男が、相変わらずの慇懃な口調でそう告げるのを聞いて、私と可菜は思わず顔を見合わせた。私たちがすでにこの店にとって、相当な得意客であることは確かだろう。だからわざわざ……？

「いらっしゃいませ。店主の由伊です」

　まもなく部屋に現われた彼女は、そう云って丁寧に会釈した。

「いつもお揃いでご来店いただきまして、どうもありがとうございます。今後ともどうか、よろしくご贔屓《ひいき》くださいますよう」

「ああいえ、こちらこそ」

　私は柄にもなく緊張してしまい、普段は食前には吸わないことにしている煙草に火を点《つ》けた。

　こうして間近に見ても、やはり大した美人である。つい一緒にいる自分の妻と比較してみたくなるのが男の性《さが》というものだが、何となく苛立《いらだ》たしげな眼差しをちらちらとこちらに向ける可菜の様子に気づいて、私は「判断保留」と心の中で呟いた。

「ところで」

女店主はおもむろにその話を切り出した。

「お客様がたのようなお得意様のために、当店では、普通はお見せすることのないスペシャルメニューが用意してあるのです。本日はそれをご紹介したくてこちらの個室にお通ししたわけなのですが、いかがなものでしょうか」

なるほど、そういう話なのか。

納得すると同時に私は、今さっきまで目の前の彼女の美貌《びぼう》に気を取られていたことなどどこへやら、その「スペシャルメニュー」というのがどんなものなのか、興味と期待で胸が張り裂けそうになった。

「見せていただきます」

可菜の意見を聞きもせず、私は答えた。値段もそれなりに高くなるに違いないが、そんな問題は二の次なのである。

「では」と微笑んでから、店主はこう付け加えた。

「ただし、くれぐれもこのことはご他言なさらないようお願いします。どなたにでもお出ししているわけではありませんので。それに、これでけっこう保健所のほうがうるさいものので。約束していただけますか」

「もちろん」

私は一も二もなく頷いた。

「もちろんですとも」

「ありがとうございます。それでは——」

彼女から手渡されたメニューを見て、私は思わず「ほう」と唸《うな》った。

「いやあ、こいつはなかなか……」

それは確かに、これまで一度として目にしたこともないような料理であった。

回虫に蟯虫《ぎょうちゅう》、鉤虫《こうちゅう》に条虫（いわゆるサナダムシ）、ランブリア、双口吸虫などなどなど。

ずらりと並んだこれらの寄生虫が、メインとなる食材なのである。調理法はそれぞれの材料について、煮物に焼き物、フライにグラタン、テリーヌ、焼売《シューマイ》……と複数が用意されている。

「中でも本日のお奨《すす》めはサナダムシです。長さ六・五メートルの、それはそれは立派な品が入荷したばかりですので。衛生上の処理には万全を期しておりますから、その点はご安心ください」

サナダムシについては、川魚の腹腔に棲むその幼虫（リグラと呼ばれる）を使ったイタリア料理が存在するという話を聞いた憶《おぼ》えがある。しかし、長さ六・五メートルというからには当然、終宿主である人間の腸内に寄生していたものなのだろう。

興奮のあまり返す言葉に詰まる私の反応を見て、女店主は満足げな微笑を浮かべた。

「なお、お客様のご希望がございましたら、排泄物《はいせつぶつ》・嘔吐物《おうとぶつ》関係のお料理もご用意できます。ただしこれは、原則としてお客様ご自身のものを材料として使わせていただくことになっております」

おのれの大便を詰めたロールキャベツだの、ゲロを具に使った餃子《ギョーザ》だのが皿に盛りつけられたさまを想像しながら、私は「ははあ」と相槌《あいづち》を打つ。さすがにちょっと眩暈《めまい》がした。スカトロの趣味はあまりないのだが……。

「いやいや、すごいもんですね」

私はメニューから目を上げて云った。

「僕もこれまでいろいろと食べてきましたが、この手の食材はハリガネムシ以外には経験がありません。正直云って、感涙ものです」

「恐縮です」

店主はしとやかに頭を下げた。

「もっとも、実を申しますと、これはまだ当店のスペシャルメニューのうちの〈ランクC〉にすぎないのです。いずれ機会がありましたら、〈ランクB〉〈ランクA〉のメニューもご紹介できると思います。どうぞお楽しみに」

その後、私は初めて口に運ぶいくつかの寄生虫料理に胸をときめかせ、例の

ああ、いま俺は蟯虫のスープを飲んでいるのだサナダムシのスパゲッティを喰っているのだ

という快感を満喫した。可菜は可菜で、寄生虫ですってまあ素晴らしいわ進歩的だわ哲学だわ芸術だわと騒々しく口走りながら、「回虫と鉤虫のミックスグラタン」を食べていた。

5

秋も深まり、学園祭の準備でキャンパスが賑《にぎ》やかになりはじめた頃——。

八月終わりのあの夜以来、毎回のように通されるようになった《YUI》の二階の個室で、私たちは〈ランクB〉のスペシャルメニューを目にする機会を得た。今年一番の大型台風がこの地方を通過した明くる日、すっかり冷たくなった空気に妖《あや》しい三日月の光が冴《さ》える夜のことだった。

美貌の女店主、由伊がまた部屋に姿を現わした。「このことは決して口外しないよう」と前以上に強く念を押され、私も可菜も迷わずそれを約束した。そして——。

「ああ、これは」

受け取ったそのメニューを、私は息が詰まる思いで見つめた。心臓の鼓動が速くなるのが分かった。知らず、額《ひたい》に汗が滲んだ。

「素材はいくつかの特別なルートで手に入れております」

店主はそう云い添えた。

「たとえば何か、凶悪な犯罪行為と関係しているのではないかというようなご心配は無用です。ただ、完全に合法的な手段で、とまでは申せませんし、万が一にも世間に知られた場合には激しい非難が集まることが予想されます。ですから絶対に、秘密は守っていただかなければならないのです」

「――でしょうね」

いったいその「特別なルート」とはどういうものなのか。店主の顔とメニューとの間に視線を往復させながら、私は考える。病院、大学の解剖学教室、火葬場……ざっとそういったところだろうか。

大きくひとつ肩で息をして、私は手許で開いたメニューをまた見つめる。

肩肉と腰肉（ウシやブタで云うならロースとヒレか）、胸肉に腕肉に腿肉《もも》。

例によって、いくつかの品目の頭には赤い☆印のシールが貼られている。現時点で在庫があるもの、という意味である。

舌《タン》に肝臓《レバー》、腎臓《じんぞう》、心臓、胃、大腸、小腸、骨髄、脳、眼球、卵巣……。

各種器官および臓器の名も洩れなく並んでいる。今夜☆印が付いているのはしかし、このうち数種類の品だけだった。

もはや説明する必要もあるまい。店主が云った「素材」とはすなわち、ヒトの身体《からだ》なのである。人体各所のこれらを使った料理が、この店のスペシャルメニュー〈ランクB〉なのだ。

「もちろん、保健・衛生面での配慮に抜かりはありません。お客様のご希望が特にない限り、原則として伝染性の疾病を持っていたものや、その他、顕著な病的異常が認められた部位――たとえば癌化《がんか》した肝臓など――は使用いたしませんので……」

静かに言葉を連ねる彼女の声は、窓から射す月光さながらに鋭く、透きとおっていた。美しいその顔に浮かんだ微笑は、いつになく妖しく、蠱惑的《こわくてき》にすら見えた。

私は可菜の様子を窺った。さすがに頬からいくぶん血の気が失《う》せている。メニューを持った手がかすかに震えている。

こんなことをして許されるものだろうか。

私は考えあぐねた。

許されるのだろうか。

思考回路に組み込まれた「人肉食」「共喰い」への禁忌は、思いのほか強固なものだった。だが一方で、それが理性に強く働きかければ働きかけるほど、その反作用でもあるかのように、一度でいいからヒトの肉や内臓を食べたい食べてみたい、という欲求が高まってくるのも確かな事実なのである。今や私と同じ嗜好を持ってしまっている可菜の心中もきっと、よく似たような状態なのだろうと想像できる。

「迷っていらっしゃるのですか」

と、女店主が訊いた。

「あ、いやその……」

返答に詰まる私の顔を涼やかな目で見据えて、彼女は云った。

「世間一般の良識はさておき、『ヒトを食べる』という行為それ自体は決して罪深いことではないと、私どもは考えております」

「…………」

「この地球上のすべての動物は、自分が生きるために他の生き物を食べなければなりません。どうしても逃れることのできない、これは私たちの宿命なのです。家畜や魚を食べるのも野菜や果物を食べるのも、ヘビや昆虫や寄生虫を食べるのも、つまるところ意味はどれも同じでしょう。たとえばキリスト教圏の人々はこんなふうに考えるといいます。ウシやブタといった動物はそもそも、人に食べられるために神が創造したものだ、だから食べても良いのだ、と。『他の生命を食べる』という行為を基本的に罪悪だと見なしているから、そういった宗教的な意味づけによって正当化する必要が出てくるわけでしょうか。何とも面倒臭い話です」

「――確かに」

「『食べる』という行為の根本的な意味をもっとポジティヴに捉え直しさえすれば、こういったわずらわしい問題は一挙に解消されるのではないかと私どもは思うのです。『食べる』とはつまり究極の『愛』の表現である、というふうに。どんな生き物であろうと命の価値は同じだ、大切にしなければならない。ならば、どんな生き物であろうと分け隔てなく、大切に食べてやれば良いのです。ウシもイルカもゴキブリもサナダムシも、そしてヒトもです」

正直云って、罪だの愛だの、そんなありがちな議論にはさしたる興味もなかった。けれどこの時、彼女の言葉は不思議な浸透力をもって心に響き込んできて、結果として私の迷いをやんわりと断ち切ってくれたのだった。

「食べさせていただきましょう」

そわそわしている可菜にちらりと目配せしてから、私は云った。

「どうせならまず、この『特選焼肉コース』というのでお願いします」

料理の値段は「時価」とある。食材調達の困難性からして、おそらくはその辺の高級レストランが及びもつかぬほど高価であるに違いない。しかし、よもやそれを理由に思いとどまることなど考えられはしなかった。

独特の濃厚なタレで味付けされた肉や臓物を、そして私たちは食べた。文字どおり無我夢中になって、ひとかけらも残すことなく食べた。

あああぁ、俺はいま人肉を喰っている人間の腸を喰っている肝臓を喰っている

というその時の感激は、想像を遥かに超えて巨大なものだった。これまで食べたどんなイカモノ料理もまったく比較の対象にならない、とすら思えるほどに。

恐ろしくも甘美な、まさに目眩《めくるめ》くようなひとときであった。

6

こうして私たちは、すっかり《YUI》の人肉料理の虜《とりこ》になってしまった。

もっとも〈ランクB〉のスペシャルメニューは、店を訪れれば必ず食べられる代物ではない。材料の仕入れが不定期で、かつ量的にも限られているからだという。私たちの他にも「お得意様」はいるはずだから、なおのことである。

それでもしかし、私のささやかな給料と可菜のカットハウスの売上金——わが家の収入のうちの相当に多くの部分が、今やあの店において散財されるためにあると云って良い。当然の結果として、普段の生活はだんだんと切り詰められていったが、私たちはとりたててそれを気に病むでもなかった。

私の場合、気懸かりはむしろ別のところにあった。ヒトというある意味で究極の食材を使ったあの料理が、まだ〈ランクB〉だというのである。残る〈ランクA〉のメニューとはいったいどのようなものなのかと、それを考えだすと、職場でもつい気もそぞろになってしまう。

可菜は最近、以前のように芸術だアヴァンギャルドだとは云わなくなった。これはとりもなおさず、ああいった特殊な料理を食べることに対して、彼女がそれだけ純粋に喜びを感じるようになった証《あかし》だと思うのだが、どうだろうか。

冬はすぐにやって来た。研究室に顔を出す学生の数が徐々に減りはじめ、街には軽やかなジングル・ベルのメロディが流れだした。

大学が正式に冬休みに入った。その次の日がクリスマス・イヴだった。実を云うとこの日は、私と可菜が初めてデートをした記念の日でもある。もう四年も前の話で、私のほうはうっかり失念していたのだけれど、可菜はちゃんとそれを憶えていて、

「今夜は神無坂へ行って、イグアナ酒で乾杯しようね」

と云いだした。今日は人肉の入荷があるだろうか、などと考えながら、私は喜んで彼女の提案に賛成した。

そして、その夜——。

《ＹＵＩ》のスペシャルメニュー、その〈ランクA〉が何であるのかを、ついに私たちは知らされることとなったのである。

「こんばんは、お客様」

部屋に現われた女店主・由伊は、イヴの夜というのを意識してだろうか、目にも鮮やかな深紅のドレスをまとっていた。両手にはしかし、いつもと同じような白い手袋を嵌めている。

「今宵《こよい》は〈ランクA〉のお料理をご紹介させていただきます」

私はごくりと唾《つば》を呑み込んだ。ああいよいよ来たか、という感慨に、われ知らず身が震えた。ところが――。

「紹介する」と告げたきり、店主は静かに私たちを見据えたまま、その先を続けようとしない。メニューらしきものも持ってきてはいないし、持ってこようとする様子もない。何なんだろうかと私が首を傾げると、その反応を待っていたかのようなタイミングで、

「申し上げましょう」

と口を開いた。

「これは非常に限られた材料を用いる、きわめて特殊なお料理です。どのような方であっても、普通は一生に幾度かしか召し上がることのできないような。ですから、よくよくお考えのうえお決めください」

「お金ならば何とかします」

私は思わず口を挟んだ。可菜のほうを振り向いて、「な?」と同意を求める。すると、

「そういう問題ではないのです」

店主はたおやかな微笑を浮かべ、ゆっくりと左右に首を振った。そうしておもむろに両手を胸許に上げ、嵌めていた手袋を片方ずつ外しはじめるのだった。

「実は私自身、すでに三回にわたってこのお料理を楽しんでおります。ですが、せいぜいあと一、二回が限度だろうなと。残念なことですけれども、こればかりは致し方ありません」

彼女は私たちに向かって、手袋を外した自分の手を差し出す。私は息を止め、目を見張った。両手合わせて十本あるはずの指が、右に四本、左に三本しかないのである。

「よそから仕入れてくる食材は、ものがものであるだけにどうしても鮮度が落ちてしまいます。と云って、私どもで生きた人間をしめるわけにもまいりませんし、たとえ一部分といえども、なかなか提供者がいるものではありません。そうするとおのずから、最も新鮮な素材として、なおかつ〃愛〃の対象としても本来的に特別な意味を含み持った素材として、自分自身の身体というものに目を向けざるをえなくなってくるわけです」

「ああ……」

「適当なのはやはり、指でしょう。どうしても他の部分をというご要望があれば、可能な対処はいたしますが……。手順としましては、まず同意書にサインをしていただきます。そのあと別室にて、当店専属の医師による切断手術を。ごく簡単に短時間で済む手術で、出血や痛みへの対策も万全です。術後のケアももちろん、当店が責任を持って行ないますのでご安心ください。切り取った指は、お客様のお好みに従って、当店のシェフが腕によりをかけて調理いたします」

みずからの指を切断して、それを使った料理をみずから食べる！

驚きと、肺の中の空気圧が倍にも跳ね上がったような異様な興奮を覚えながら私は、彼女が元どおり手袋を嵌める様子を見つめる。

今さらのようにそこで、四月の下旬に居酒屋で出会ったあの老紳士――咲谷氏のことが思い出された。春だというのに、店の中だというのに、両手に黒い手袋を嵌めていた彼。そしてそう、この店の店員たち。みんな同じように手袋をしている。あれは……。

私はぶるりと頭を振る。腕や背中にぞわぞわと鳥肌が立つ一方で、顔は火照ったように熱かった。

指を失ってしまうことには当然、それなりのデメリットが伴うだろう。だが、今まさに**俺は俺の指を食べているのだ**

という生々しい実感――それがいかに恐るべき、不条理に満ちた快楽となるか、なりうるか。想像するともう、居ても立ってもいられない心地になった。

畢竟《ひっきょう》この世で最も愛《いと》おしい（同時に忌まわしい）存在である自分自身の肉体の一部を喰らい、消化し、養分として取り込む。その行為の、何という莫迦莫迦《ばかばか》しさ。何という理不尽さ、無意味さ。しかしだからこそ、他では決して得られない何物かがそこにはあるようにも思えてきて……。

これ一度きりだけ。

私は強くおのれに云い聞かせた。

指が一本なくなったところで、研究室の連中には何とでも云ってごまかせる。が、二本三本となるとこれは問題である。

一本だけ。そうだ。一本だけだ。

心の中で何度も繰り返しながら、私は女店主の顔に目を上げた。

「左手の小指をお願いします」

そう申し出てから、可菜のほうを見やる。彼女はぎょっとして、何か云いたげに口を開きかけた。私はそれを遮《さえぎ》って、

「君はやめておいたほうがいいね。美容師の仕事に差し障りがありすぎる。それに、夫婦揃って指が一本ないというのもちょっと滑稽《こっけい》だから」

可菜はほっと息をついた。けれどもその時の彼女の表情には、寂しさと羨望《せんぼう》が入り混じったような複雑な色が窺えた。

私はその夜、自分の小指を食べた。皮も肉も爪も骨もすべてをまるごと、とろとろに煮込んだシチューにしてもらって、皿に付いた汁の一滴まで舐め尽くした。

7

帰りはタクシーに乗った。今にも雪の降りだしそうな寒空の下、クリスマス・イヴの街は大勢の見知らぬ人間たちで賑わっていた。

「痛くない?」

包帯を巻いた私の左手に目をやり、可菜が心配そうに訊く。

「大丈夫」

答えるが、きっとうわの空といった声だったに違いない。薄暗い車内で、私はしきりに口の中を舐めまわしながら、先ほどシチューを食べた時の感覚を呼び起こしてはそれに浸っていたのである。

「ねえ、可菜」

隣に坐《すわ》った妻の肉感的な身体を横目で捉え、私はそこでふと思いついたことをそのまま言葉にした。

「そろそろ子供を作ろうか」

何とも云えず嬉しそうな笑みを口許に浮かべて、可菜はこくりと頷いた。

Histoire d'œil

バースデー・プレゼント

Ayatsuji Yukito

＊

〈……誕　め　ぅ。二十　の　日だね。　れ、か　プ　ト。す　開てみ　……〉

心の中に、虫喰《むしく》いだらけの言葉が並んでいる。空白を埋める文字を探し出そうとするのだけれど、簡単そうに見えてなかなかうまくいかない。

〈……　生　お　とう。　歳　生　ね。こ　、僕　らの　ント。　に　けて　て……〉

言葉が問題なのではないのかもしれない。虫に喰い荒らされているのは、このわたしの意識自体なのかもしれない。だからこんな――こんな……。

……かぁん、かぁん、かぁん

先ほどから甲高く、けれども淡々と続いている――これは？

かぁん、かぁん、かぁん……

言葉ではない。これは音だ。

ああ、何て耳ざわりな音だろう。鼓膜を突き抜け、内耳のさらに奥、脳の表面にちょくせつ爪を立てて引っ掻《か》くような。

かぁん、かぁん、かぁん、かぁん……

鳴りつづけるその音に覆いかぶさるようにして、やがて、

……ご……ごご……

近づいてくる別の音。

ごごごごごおおおおおお……！

膨れ上がる轟音《ごうおん》とともに、冷たい突風がわたしの痩《や》せた頬《ほお》を殴りつける。わたしの長い髪を吹き散らす。

はっとわれに返った――まさにそんな心地で、そしてわたしは、細かい瞬《まばた》きを繰り返すのだった。

ごごごおおぉぉぉ……

目の前を、電車が駆け抜けていく。

かぁん、かぁん、かぁん……という、これは踏切の警報機の音。両眼を交互に赤く点滅させながら、甲高い声で規則正しく叫びつづける。

轟音とともに海老茶色《えびちゃいろ》の列車が通り過ぎていったあと、踏切の向こうに現われる街並みにふと、わたしは違和感を覚える。同じ風景のはずなのに、どこかしらさっきまでとは違って見えるのはどうしてだろう。

風景そのものが問題なのではなく、この不連続感の原因もまた、虫に喰い荒らされたようなこのわたしの意識のほうにあるのかもしれない。そう思いながら、わたしはさらに瞬きを繰り返す。

かぁん、かぁん、かぁん……と依然、警報機は叫びつづける。黄色と黒の縞模様《しまもよう》に塗られた遮断機が、頼りなく揺れながら行く手を阻む。

まだ、来るのか。

わらわらと込み上げてくる苛立《いらだ》ちを抑えつつ、両手を頬に当てる。——冷たい。何て冷たい。

今年の冬は暖冬ですと、秋の中頃には天気予報で告げていたのに。

何が暖冬なものか。

十二月の初めに、例年より一ヵ月は早くこの街に雪が降り、積もったのだ。毎朝の寒さは、南国で生まれ育ったわたしにとってそれこそ身を切るほどの厳しさで、一時限めの講義に出るため早起きをしなければならない時などは、最愛の恋人をすら〈……最愛の、恋人?〉呪いたい気分になる。

〈……誕　日　でう。　十　の誕　だね。これ、　か　　ゼン　。　ぐ　開け
み　……〉

心の中に並んだ虫喰いだらけの言葉。——ああ、そうだ。これはわたしの恋人の台詞《せりふ》。

ゆうべ見た夢の中で、彼——行雄《ゆきお》さんがわたしに向かって云《い》った、あの。

ゆうべ見た夢……そう、夢だ。言葉の空白をうまく埋められないのも、だから当然のことではないか。

二台めの電車が、さっきとは逆方向からやって来る。ぼんやりと焦点の定まらないわたしの目には、海老茶色のつむじ風が左から右へと吹き過ぎていったように見える。

轟音が遠ざかり、警報機の叫びが止まり、ようやく遮断機が上がった。

冷えた両手をこすりあわせながら、わたしは足を踏み出す。

……ゆうべの夢。

はっきりとは思い出せないけれど、何だかひどく嫌な夢だったような気がする。ひどく嫌な夢。ひどく恐ろしい夢。夢を見たことそのものを忘れてしまいたいような。

〈……　生日お　で　う。　歳　誕生　だ　。　、僕か　プ　ゼン　。すぐ　けてみて……〉

〈……　うしてなの、　さん。ど　う　てわた　に　なことをさせ　の。　たしは　なたの　とが　なに好　なのに。こん　にあな　を　て　る　に……〉

天を仰ぐと、一面が重く暗い灰色の雲で覆い尽くされている。汚れたコンクリートの壁のような空が、一歩進むごとにゆっくりと下降してくる錯覚に囚《とら》われる。——悪意に満ち満ちた、巨大なからくり仕掛け。

ところでさて、わたしはこれからどこへ行こうとしているのだろう。

踏切を渡りながら、虫喰いだらけの頭の中で考える。

これからわたしは……。

それほど思い悩む必要もなく、答えは出てくる。

十二月二十四日――クリスマス・イヴの今日、大学でわたしが所属している文芸サークルのクリスマス・パーティ兼忘年会が開かれる。S＊＊通り沿いにある《J》というパーティ・ルームを借り切って行なわれるその宴《うたげ》に、わたしも出席することになっているのだった。

ぜひ来てくださいね、という幹事の呼びかけに、べつに他の予定もなかったので頷《うなず》いたことが、今さらのように後悔される。

いつだって、わたしはこうなのだ。そもそもコンパだのパーティだのといった集まりがあまり好きではないのに――なのに、誘われるとつい、断わる特別な理由がない限り頷いてしまう。

人がたくさん集まって場の雰囲気が盛り上がれば盛り上がるほど、その中にいる自分が孤独に思える。雰囲気に合わせて笑顔をふりまくかたわら、ことさらのように他人の、そして自分の嫌なところばかりが見えてきて胸が苦しくなる。心の置き場がなくなってしまう。――きっとこれは、誰しもが多かれ少なかれ経験する感覚なのだろうけれど。

故郷を離れ、この街に出てきて独り暮らしを始めたのが今年の春。それが何だか、遥《はる》か遠い昔のことのように感じられる。

去年のクリスマスには、どこでどうしていたっけ。

女だてらに、と田舎の親戚《しんせき》たちからは白い目で見られつつ一年間、浪人していた。去年の今頃——去年の今日は、そうだ、受験参考書ばかりが目立つ寒い部屋で独り十九歳の誕生日を祝った。十二月二十四日——クリスマス・イヴのこの日は、わたしが生まれた日でもあるのだ。

〈……誕　おめ　う。二　の誕生　だね。　れ、　からの　レ　ン　。す　に開けて　て……〉

ゆうべの夢の中での、行雄さんの言葉。彼はそう云って、赤いリボンのかかった平べったい包みをわたしに差し出した。わたしは大喜びでそれを受け取り、彼が見ている前でリボンをほどいていった。そして……。

〈……さあ。　れで僕　して　れ。そのナ　で、今す　に……〉

踏切を渡ると、小さな商店街に入る。

買い物客のざわめきと行き交う車の騒音に交じって、どこかの店の中から「ジングル・ベル」が聞こえてくる。

わたしにとってそれは、子供の頃からつきまとって離れることのない、お決まりの〃バースデー・ソング〃だった。

＊＊

パーティが始まるのは午後五時半。会場の《J》は、わたしが住むアパートから歩いて二十分ほどの場所にある。今いるこの商店街からだと十五分もかからないだろう。

時刻は午後四時前だった。まだだいぶ時間があるが、低い曇り空の下、街にはもう薄闇が漂いはじめている。

そう云えば、今日のパーティでは余興のひとつとして「プレゼント交換」が行なわれるという話だった。持ち寄ったプレゼントを参加者同士で無作為に交換するという、子供の頃からおなじみの例のお遊びだ。

そのための品物を、わたしはまだ用意していなかった。今からどこかで、適当なものを探さなければならない。

何を買っていこうか。どうせなら思いきり奇妙なものを……などと考えながら歩くうちに、ある店の前でふと足を止めた。

《タカナカ刃物店》

白塗りの看板に、くすんだ赤い文字でそう記されている。何十年も前からここにあるのだろうなという感じの、古びた店の佇《たたず》まい。

これまでにも幾度となく、同じようにここで足を止めたことがある。それは、この店の飾り窓の中にちょっと気になる品が並んでいたからだった。

美しい細身のナイフ。——ペティ・ナイフという呼び名に対してわたしが持っているイメージとまさにぴったり一致する大きさで、その金色の柄《え》には、複雑に絡み合う三匹の蛇を象《かたど》った細工が施されている。

汚れた木枠で囲まれた小さな窓の向こう、ありふれた刃物類の中にひと振り、それがまぎれこむようにして置かれていた。こんなうらぶれた商店ではなく、たとえば洒落《しゃれ》たアンティークショップのショーウィンドウにでも飾ったほうがふさわしいと思えるような、とてもきれいな、素敵な品。実際のところどれほどの価値があるものなのかは知らないけれど、少なくともわたしの目にはそんなふうに映った。

何気なくこの飾り窓を覗《のぞ》き込んでそのナイフを見つけた、あれは二ヵ月ほど前だっただろうか。以来わたしは、この道を通るたび、必ずと云っていいほどここで立ち止まるようになった。

いつだったか、行雄さんと一緒に歩いていてこの前を通りかかったこともある。飾り窓に近づき、そこに置かれたナイフの硬質な光にうっとりと目を細めるわたしを見て、彼は不思議そうに首を傾げていた。

「きれいなナイフでしょ。ね？」

わたしがそう云うと、彼は額《ひたい》に落ちた前髪を掻き上げながら曖昧《あいまい》に頷いた。

「いくらくらいするものなのかなぁ」

「欲しいのかい？」

と、彼はまた首を傾げて訊《き》いた。わたしはガラスの向こうに視線を投げたまま、小さくかぶりを振った。

「べつに。ただ、ほんとにきれいなナイフだなって」

「――そうだね」

店が繁盛している様子はまるでなかった。いつ覗いてみてもそのナイフは同じ位置にあって、同じ硬質な光でわたしの目を刺した。

ところが、今――。

いつものように飾り窓を覗き込んでみて、わたしは「あっ」と声を洩《も》らした。

あのナイフが、ない。なくなっている。

売れてしまった。そういうことなのだろうか。

〈……誕　日　めでと　。二　歳　　日だね。こ　、僕から　プ　　ント。すぐ　開け
み　……〉

ゆうべ見た夢の中で……。

〈……さあ。　れ　を刺　てお　れ。　の　イフ　、今　ぐに……〉

言葉は相変わらず虫喰いだらけ。——壁に立てかけたジグソーパズル。いくら手で押さえても、指の間からぽろぽろと剝《は》がれ落ちる破片。

わたしは軽い眩暈《めまい》に襲われ、ぐらりと足をもつれさせた。

ああ、何だろう。ゆうべの夢……あの夢はいったい何だったんだろう。

崩れた身体《からだ》のバランスを取り戻すまでに、何歩か横へ移動していた。のろのろと頭を振りながら目を上げると、ちょうど店の入口の前だった。

薄暗い店内に、客の姿はない。ただ一人、奥のカウンターの向こうに小柄な少年が立っていた。

少年は無表情にこちらを見つめている。色の白い、きれいな面立ちだった。年齢はまだ十歳くらいだろうか。店番にしてはあまりにも幼すぎるようだけれど。

こちらを見つめる少年の目がすっと細くなり、薄い唇の片方の端がゆっくりと吊《つ》り上がった。ぞっとするような、美しい笑顔。

おもむろに少年は、それまでカウンターの上に置いていた右手を顔の高さまで持ち上げる。その手には、大振りな肉切り包丁が握られていた。

銀色の刃が光を反射して、わたしの目を眩《くら》ませた。わたしは思わず瞼《まぶた》を閉じ、ぐらりとまた足をもつれさせる。

とたん——。

ぴきっ、と音がして、わたしの心の中で変化が起こった。

押さえても押さえても剝がれ落ちてきたパズルの破片。それが、まるで磁石に引き寄せられるようにして、ぴったりとあるべき位置に収まる。

〈……誕生日おめでとう。二十歳《はたち》の誕生日だね〉

わたしの二十歳の誕生日の夜（……今夜じゃないか）、わたしの部屋を訪れてきた行雄さん。

〈これ、僕からのプレゼント。すぐに開けてみて……〉

そう云って彼は、赤いリボンのかかった平べったい包みをわたしに差し出す。わたしは大喜びでそれを受け取り、彼が見ている前でリボンをほどいていく。そして——。

そして、包みの中から出てきたもの。それはそう、タカナカ刃物店の飾り窓の中に並んでいた、あの素敵なペティ・ナイフ。

〈……さあ〉

わたしの反応を楽しむように目をすがめ、行雄さんは云う。

〈それで僕を刺しておくれ。そのナイフで、今すぐに……〉

金色の蛇が複雑に絡み合ったナイフの柄を、わたしは握りしめる。行雄さんの手がわたしの手首を摑《つか》む。そうして彼は強引に、鋭いナイフの切っ先を自分の喉許《のどもと》へと持っていくのだった。

〈さあ、早く〉

と、行雄さんは云う。

〈どうして〉

わたしは戸惑い、怯《おび》え、問いかける。

〈どうしてそんなこと……〉

〈分かってるだろう〉

行雄さんは薄く笑う。

〈それはね、君がそうすることを望んでいるからだよ〉

〈そんな、わたし……〉

〈今さら何をためらう必要がある〉

〈わたし……わたしは……〉

やがてナイフが、彼の喉に突き刺さる。思ったよりも柔らかな感触。生温かい真っ赤な液体が、わたしの顔に噴きかかる。

〈……どうしてなの、行雄さん〉

血まみれになった彼。虚《うつ》ろに見開かれたその目を覗き込んで、わたしは問いかける。

〈どうしてわたしにこんなことをさせるの〉

問いかけながら、それでもわたしは彼を刺しつづける。

〈わたしはあなたのことがこんなに好きなのに。こんなにあなたを愛しているのに……〉

泣きながら、それでもわたしは彼を刺しつづける。狂ったように刺しつづける。そしてさらに……。

……十二月二十四日、わたしの二十歳の誕生日の夜。

これが、ゆうべ見たわたしの夢。

何てひどい夢だろう。何て嫌な、恐ろしい夢だろう。

目を瞑《つぶ》ったまま、わたしは知らず深い溜息《ためいき》をついていた。

道を行く人々のざわめきが聞こえる。かすかに「ジングル・ベル」の軽やかなメロディが聞こえてくる。——今日は十二月二十四日、クリスマス・イヴ。二十年前にわたしが生まれた日。

今夜、パーティが終わってわたしが部屋に帰る頃には、行雄さんがまた来てくれる。わたしはいつもの不器用な笑顔でそれを迎えるだろう。寒い中をやって来た彼のために、熱い紅茶を淹《い》れてあげよう。それから……ああ、それから？

予知夢。

そんな言葉が唐突に頭を掠《かす》め、わたしはぎくりと目を開ける。

薄暗い刃物店のカウンターの向こうに、さっきの少年の姿はもうなかった。

＊＊＊

午後五時過ぎ。パーティ開始の定刻よりもだいぶ早くに、わたしは《J》の前に到着した。

バス通りに面して建つ、四階建ての小さなビルだ。一階は喫茶店。《J》というのは本来この喫茶店の名で、二階が「フリースペース――J」と銘打たれた時間貸しのパーティ・ルームになっている。

部屋はもう開いているだろうか。誰かがもう来ているだろうか。まだ早いから、一階でコーヒーでも飲んで時間を潰《つぶ》そうか。

ぼんやりと考えながら、ビルを見上げる。二階の窓には白く明りが灯っていた。あたりはもうすっかり夕闇に包まれている。

冷たい風がひとしきり、街路樹の枝をざわめかせて吹きつける。思わず肩をすぼめながら、わたしはコートのポケットに突っ込んでいた手を出し、乱れ散る長い髪を押さえつける。――と、そこで。

視界の隅に妙なものが引っかかった。

それは、歩道に植えられた銀杏《いちょう》の木の下にあった。ちょうど喫茶店《J》の入口の真ん前──。

黄色い乳母車が一台。

腰掛け式のベビーカーではなく、大きな籠《かご》に四つの車輪が付いた、中に赤ん坊を寝かせてしまえるタイプのもので、見た感じ、かなり古い製品のようだ。車体の布は薄汚れ、あちこちがほころびている。

不審に思い、近寄って中を覗いてみた。

赤ん坊は乗っていない。──当たり前だ。この寒い中、こんな道端に子供を乗せた乳母車を置き去りにする母親は普通いないだろうから。

放置自転車ならぬ放置乳母車、か。

誰がどんな事情があって、こんなところにこんなものを置いていったのだろう。大型ゴミの回収に出すのが面倒でここに捨てていった、それだけのことかもしれないけれど。

喫茶店の入口の横手に、階上へ通じる狭い階段があった。ちょっと迷った末、わたしは階段のほうに足を進めた。

二階のパーティ・ルームはすでに開放されていた。受付のようなものは見当たらず、わたしは誰にも呼び止められることなく部屋に入った。

明りも暖房も点《つ》いているが、人の姿はなかった。まだ誰も来ていないのか……。

壁から床から天井まで、室内は何もかもが白で統一されていた。調度品もたいていが白系統の色。白いテーブルに白い椅子、照明もカーテンも白。

通りに面した広い窓にはスモークグレーのガラスが入っており、そこに真っ白な文字で“Merry Christmas”と書かれている。いかにも素人臭い、お世辞にも上手とは云えないレタリングだった。

わたしは奥の隅の一席に腰を下ろした。

バッグを椅子の背に掛け、ここへ来る途中の文房具店で買ってきた交換プレゼント用の品をテーブルの上に置く。コートは着たままでいた。暖房は効いているのだが、冷えきった身体はなかなか温まってこない。

びし、びし、びし……と、かすかな異音がどこからか聞こえる。

びし、びし、びし、びし……

これは、わたしの頭の中で鳴っている音。わたしの意識を喰い荒らしたあの虫たちがひしめきあう……いや、違う。違う、そうじゃない。

わたしは独り、強く首を振る。

これは時計の音だ。あそこ――正面の白い壁に掛かったあの四角い時計。白い文字盤、白い枠組の、あの掛時計。あれが時を刻んでいる音だ。

時刻は五時二十分になろうとしていた。

ああ、もうそろそろ誰か現われてもいい頃なのに……。

軽い苛立ち、そして焦り。単調に響きつづける時計の音が、それらの感情に緩やかな加速を与える。

バッグからシガレットケースを取り出して、煙草を一本くわえる。火を点けるのにはマッチを使う。嫌がる人のほうが多いみたいだけれど、マッチをすった時に漂うあの硫黄臭がわたしは好きなのだ。

細い煙が立ち昇り、暖房の風に巻かれて踊る。その複雑な動きが、いやにはっきり〝形〟として見えた。

＊＊＊＊

定刻の五時半寸前になって、ようやく人が来た。

大きな袋をいくつも抱えた三人の男たち。食べ物や飲み物の買い出しにいっていたのだという。それからばたばたと他の人たちも到着し、五時四十五分には参加者が揃った。

人数はわたしを入れて十三人。今年の春以来おなじみの面々だが、その中に行雄さんの顔はない。

行雄さんはこのサークルの、わたしよりも二学年上の先輩だった。今日のパーティには、アルバイトの都合で来られないという。

彼がいないのは寂しいけれど、ほっとする一面もある。わたしたちが恋人同士であることは、サークルの中では大っぴらにしていないからだ。そういう関係の二人としてみんなに見られるのを、彼がとても嫌がるのだった。

行雄さんの他にも、用事があって参加できないメンバーがずいぶんいるようだ。けれどもわたしにしてみれば、集まる人間の数はなるべく少ないほうがありがたかった。

誰もが皆、極地観測からやっとの思いで帰還したような表情で部屋に入ってきた。口々に寒い寒いと云い合う。しばらくはコートや手袋を着けたままで、椅子にも掛けずに足踏みを続ける。

適当に挨拶《あいさつ》の言葉を並べながら、わたしはそれとなく彼らの様子を観察する。

面白いことに、わたし以外の十二人は、男性が九人と女性が三人、この全員が眼鏡をかけている。それも、みんな同じような銀縁の眼鏡だった。

実を云うと、わたしも決して視力は良くないのだが、作ってある眼鏡やコンタクトレンズを使うことはめったにない。そんなにひどい近視でもないので、裸眼のままでも日常生活には不自由しないし、それにそう、自分を取り巻く世界の表情があまりくっきりと見えすぎるのは、むしろ居心地が悪いから。

さっきの商店街の刃物店で見た少年の凄《すさ》まじいほどに美しい笑みを、そこで思い出す。あの時あの距離で、どうしてあんなにはっきりとそれが見えたのか、考えてみれば不思議なことだった。

　集まったメンバーはそれぞれ、華やかなクリスマス用の包装紙でラッピングされたプレゼントを持ってきていた。わりに大きな品が多いみたいだ。中には、長さが五、六十センチもありそうな包みを抱えてきた者もいて、わたしはそれらの中身が妙に気になった。

　テーブルにグラスや皿が並べられる。誰が用意してきたのか、古風な形の燭台《しょくだい》が真ん中に置かれ、蠟燭《ろうそく》に火が灯される。

「えー、皆さん」

　やがて、会長の東村《ひがしむら》さんが前に出て声を張り上げた。

「本日はどうも、お忙しいところをお集まりいただいてありがとうございます。少々時間が遅れましたが、そろそろパーティを始めることにいたしましょう」

　眼鏡のフレームに指を当てながら、しゃちほこばった口調で話す。

「恒例のクリスマス・パーティ兼忘年会であります。今年一年、まことにご苦労さまでした」

　ぽぉん、ぽぉん……と、シャンパンの栓を抜く音があちこちで響く。白い部屋の中を勢いよくコルクが飛び交う。

「来年のわがサークルの、いっそうの発展を祈って――」

　シャンパンを注いだグラスを差し上げ、東村さんが高らかに云う。

「乾杯！　メリー・クリスマス！」

メリー・クリスマス。

わたしは心の中で祝いの言葉を繰り返す。

メリー・クリスマス。それと——。

誕生日おめでとう、咲谷由伊《さきたにゆい》さん。

今日は十二月二十四日、クリスマス・イヴ。——わたしの二十歳の誕生日。

＊＊＊＊

パーティは何の滞《とどこお》りもなく進行した。

適当に喋《しゃべ》り、適当に笑い、楽しんでいるようでいて内心ひどくぼんやりと時間を過ごしているわたしを、冷ややかな眼差《まなざ》しで見つめるもう一人のわたしがいる。

——そうだよね。あなたはもう二十歳なんだよね。

彼女はわたしに囁《ささや》きかける。

——二十歳の誕生日。十九歳のあなたが死んで、今日でまたひとつ、新しいあなたが生まれた。あなたはそれが嬉《うれ》しい？　悲しい？　それとも……。

「さて、本日のパーティもそろそろ終わりに近づいてまいりました」

歯切れの良い東村さんの声が、白い部屋に響いた。

「ここで恒例のプレゼント交換を行なうことになっているわけですが、その前にちょっと――」

そして彼は、にこにこと笑いながらわたしのほうを見た。

「本日は、皆さんご存じのことと思いますが、今年入会された咲谷由伊さんの誕生日でもあるわけでして」

みんなの視線がいっせいにわたしに集まった。誰からともなく、ぱちぱちと拍手が湧き起こる。

東村さんは両手を上げて拍手を静め、

「実は私、彼女のためにひとつプレゼントを用意してまいりました」

そう云って、赤い包装紙で包まれた箱をテーブルから取り上げた。すると、それが「始め」の号令ででもあったかのように、他のみんなも全員椅子から立ち上がって、

「誕生日おめでとう」

「おめでとう」

「おめでとう……」

口々に云いながら、わたしのほうへ歩み寄ってきた。プレゼント交換用のものだとばかり思っていた品々を手に手に持って。

さすがにわたしは驚いた。——これは？　あらかじめ打ち合わせをしておいたことなのだろうか。

嬉しいという気持ちは、けれどもまるで湧いてこなかった。それはわたしにとって、とてつもなく異様な、不可解な出来事であり、光景だった。

わたしへのバースデー・プレゼントを持った彼らの顔。誰もが同じ銀縁の眼鏡の奥で三日月のように目を細め、にこにこと、何者かの意思に従って統一されたかのような笑いを浮かべている。

「二十歳の誕生日ですね」

東村さんが云った。

「二十歳のあなたへ、われわれ十二人からのささやかなプレゼントです」

「誕生日おめでとう」

「おめでとう……」

押し寄せる祝福の声に、

〈……誕生日おめでとう。二十歳の誕生日だね〉

ゆうべの夢の、行雄さんの声が重なる。

〈これ、僕からのプレゼント。すぐに開けてみて……〉

まもなくわたしの前には、さまざまな大きさと形のプレゼントが全部で十二個、山積みになった。わたしはすっかり動揺してしまって、言葉を詰まらせた。

「あ、ありがとうございます。でもどうしよう。こんなにたくさん、持ちきれない」

「まあまあ、そうおっしゃらずに」

東村さんがにこやかに云う。

「どうぞ、ひとつずつ開けてみてください」

「すぐにですか」

〈すぐに開けてみて……〉

「そうです。すぐにです」

〈すぐに……〉

うろたえつつもわたしは、プレゼントのひとつに手を伸ばす。

最初に取り上げたのは、十二個の中ではわりあいに小さい、ちょうど中型の辞書くらいの大きさのもので、振ってみると、やや重い手応《てごた》えでごとごとと音がした。リボンはかけられておらず、緑色の包装紙で丁寧に包んだ一箇所をテープで留めてある。

「何かな」

ちらと上目遣いにみんなのほうを窺《うかが》う。相変わらずの笑みを顔に貼り付けたまま、彼らは黙ってわたしの手許を見つめている。

そこで不意に、わたしは奇妙な感覚に襲われた。

異常な静寂感、と云えばいいだろうか。

外の通りを行き交う車の音が、先ほどまでは断続的に伝わってきていたのに、今はまったく聞こえない。多くの人間が集まった場所には必ず生まれるざわめきが、今は完全に消えている。暖房機の音も、びし、びし……という あの時計の音も、聞こえない。まるでこの白い部屋だけが外の世界から切り離され、さらにその中にいるわたし一人だけが別の時空に隔離されてしまったかのような、この静けさ、この沈黙。

誰も何も云わない。微動だにしない。呼吸や心臓の動きすらも止めてしまったのではないかと思える。

最初の動揺はどうにか収まったものの、今度は云いようのない不安が急速にせりあがってくる。

何だろう、これは。何が起ころうとしているのだろう。

十二人の視線が見守る中、わたしはプレゼントの包装を解いた。

現われたのは黒いボール紙の小箱。蓋《ふた》の上に、"Happy Birthday" と扉に記された二つ折りのカードが留められている。

わたしはカードを外して横に置くと、いくばくかのためらいののち、蓋を開けた。

＊＊＊＊＊

それが何なのか、わたしはとっさには理解できなかった。何だか生白い色をした柔らかそうなもの、としか認識できなかった。

「……何なの、これ」

声を落としたのは数秒してから。その時点でやっと、これは手だ、とわたしは認めた。人間の手――手首から先の部分――が、箱の中には入っていたのだ。甲から枝分かれした五本の指はぴんと伸びきっている。親指の位置からして、右手だと察せられる。手首の切断面には、赤黒い血の塊《かたまり》がびっしりとこびりついている。

わたしは慄然《りつぜん》としたが、悲鳴を上げる前に考え直した。こんなもの、誰かの悪戯《いたずら》に決まっているではないか。よくできた模型なのだ、これは。

「びっくりした。ほんとにもう、趣味悪い。――誰のですか」

にこにことわたしのほうを見つめつづける十二人。わたしの問いかけに答えようとする者はいない。

「カードを読んでください。声を出して」

東村さんがそう命じた。いつもの穏やかな調子だけれど、何やら有無を云わさない迫力がある。

わたしはカードを取り上げて開き、そこに並んだ文字を読み上げた。

「二十歳のわたしへ――」

赤いサインペンで書かれた、きっちりと大きさの揃った几帳面《きちょうめん》な字。

「ひとつはわたしの右手を。わたしが書いたすべての罪深い文章のために」

すると、ほとんど間《ま》をおくことなく、

〈二十歳のあなたへ――〉

十二人がいっせいに、「わたし」を「あなた」に換えて同じ文句を復誦《ふくしょう》した。

〈ひとつはあなたの右手を。あなたが書いたすべての罪深い文章のために〉

さっきまで完全な静寂に覆い尽くされていた白い部屋の空気を、ひとつに重なった十二人の声が打ち震わせる。

「ああ」

わたしは弱々しく喘《あえ》いだ。

ああ、そうか。そうだったのか。どこかで見たような気はしたのだ。これは――これは、わたしの右手なのか。

そのように了解したとたん、わたしは自分の表情が冷たく凍りつくのを感じた。と同時に、いっさいの感情が心から弾《はじ》き出され、どこかへ吹き飛んでしまう。

みんなは相変わらず、同じ銀縁の眼鏡の奥で同じ目をして、同じようににこにこと笑っている。

「さあ、次をどうぞ」

と、東村さんが促す。わたしは黙って頷くと、ふたつめのプレゼントにとりかかった。

長さ五、六十センチの大きな包み。持ってみるとずっしり重く、箱には入れずじかに包んであるようで、何だかごつごつとした手触りだった。テープで留められた赤い包装紙の隙間《すきま》に、さっきと同じバースデー・カードが挟み込まれている。

カードを取ってテーブルに置き、手早く包みを開ける。透明なビニール袋に詰め込まれた、血だらけの脚が出てきた。太腿《ふともも》と足首の二箇所で切断されているが、はて、右か左か、これはどちらの脚だろう。

「カードを読んでください。声を出して」

とまた、東村さんが云う。命じられるままに、わたしは二枚めのバースデー・カードに記された文章を音読した。

「二十歳のわたしへ——。ひとつはわたしの左脚を。わたしが歩いてきた長い道のりのために」

〈二十歳のあなたへ——。ひとつはあなたの左脚を。あなたが歩いてきた長い道のりのために〉

寸分の乱れもないシュプレヒコールが、白い部屋に響く。

次に開けたプレゼントは、最初の右手と同じく黒いボール紙の箱に納められていた。今度の中身は、血にまみれた足——足首から先の部分——だった。

わたしはもはや顔色を変えることもなく、命じられないうちに三枚めのバースデー・カードを読み上げる。

「二十歳のわたしへ——。ひとつはわたしの右足を。わたしが踏み潰したすべての小さな生き物のために」

そしてまた、十二人のシュプレヒコール。

〈二十歳のあなたへ——。ひとつはあなたの右足を。あなたが踏み潰したすべての小さな生き物のために〉

それはまるで、何かの〝儀式〟のようだった。残酷で滑稽《こっけい》な、それでいてどこかしら神聖な……。

そんなふうに思いながらわたしは、次へ進む手を止めて部屋の中を見まわす。

壁と天井の境目あたりに放り出され、漂っている自分の感情が見えた。暖房の風に巻かれて踊る煙草の煙の〝形〟に似た——あれは、やはり〝恐怖〟なのだろうか。

＊＊＊＊＊＊

〝儀式〟は淡々と進行していった。

「二十歳のわたしへ――。ひとつはわたしの左腕を。……」
〈二十歳のあなたへ――。ひとつはあなたの左腕を。……〉
「二十歳のわたしへ――。ひとつはわたしの左足を。……」
〈二十歳のあなたへ――。ひとつはあなたの左足を。……〉
「二十歳のわたしへ――。ひとつはわたしの左手を。……」
〈二十歳のあなたへ――。ひとつはあなたの左手を。……〉
「二十歳のわたしへ――。ひとつはわたしの右脚を。……」
〈二十歳のあなたへ――。ひとつはあなたの右脚を。……〉

「二十歳のわたしへ——。ひとつはわたしの右腕を。……」

〈二十歳のあなたへ——。ひとつはあなたの右腕を。……〉

そして、九番めに開いたプレゼントの小箱の中には、切り取られたふたつの耳が入っていた。

「二十歳のわたしへ——。ひとつはわたしの両耳を。わたしが聴こうとしなかったすべての声のために」

〈二十歳のあなたへ——。ひとつはあなたの両耳を。あなたが聴こうとしなかったすべての声のために〉

繰り返す十二人の顔には、いっときたりともにこやかな笑みの絶えることがない。それが伝染したように、この頃にはわたしの顔も、冷たく凍った無表情から引きつった笑いへと変わりつつあった。

十番めは、わたし一人では持ち上げられないくらいに大きくて重い、不恰好《ぶかっこう》な包みだった。テーブルの上に置いたままの状態で、苦心して包装紙を剝ぎ取ると、そこには、両腕両脚と首を切り取られた血みどろのトルソーがあった。

「二十歳のわたしへ——」

いくらか息を荒くしながら、わたしは十枚めのカードを読んだ。

「ひとつはわたしの胴体を。わたしを産み落とした穢《けが》らわしい女のために」

〈二十歳のあなたへ——。ひとつはあなたの胴体を。あなたを産み落とした穢らわしい女のために〉

さらに次のプレゼントは、拳《こぶし》ほどの大きさの丸い包みで、妙にぐにゃぐにゃとした感触があった。これまでの十個のプレゼントによってすっかり血で汚れていたわたしの両手は、この十一番めの品を取り出してさらに汚れることとなる。

中身は、冷たい心臓だった。

「二十歳のわたしへ——。ひとつはわたしの心臓を。わたしが欺いたすべての無垢《むく》な魂《たましい》のために」

〈二十歳のあなたへ——。ひとつはあなたの心臓を。あなたが欺いたすべての無垢な魂のために〉

そして最後に残った一個——十二番めのプレゼントに、わたしは手を伸ばす。

真っ赤な包装紙でラッピングされた、サッカーボールが入るくらいの大きさの箱だ。この中身が何なのかは、もはや考えるまでもないことだった。

包みを剝がし、カードを取り、箱の蓋を開ける。

まず目に映ったのは、箱の外まで溢《あふ》れ出さんばかりの長い黒髪だった。わたしは赤く汚れた手でそれを鷲掴《わしづか》みにし、中から引っ張り出した。

「二十歳のわたしへ――。ひとつはわたしの首を。わたしが愛し憎んだすべての人間のために」

〈二十歳のあなたへ――。ひとつはあなたの首を。あなたが愛し憎んだすべての人間のために〉

テーブルに置いたその生首は、まるで生きているように見えた。長い髪に隠れて、両耳が切り落とされているのは分からない。顔色は悲しいほどに蒼白《あおじろ》いけれども、細く開いた両目や少し前歯の覗いた口許……それらは確かに、笑顔を形作っている。

この時ほどわたしは、自分の顔をきれいだと思ったことはない。

ああ、何てきれいな……。

薄暗い刃物店の中にいたあの少年の顔が、ふとそこに重なって見える。似ている、と感じた。あの時のあの少年の美しい笑顔に、これはとても……。

外界から隔離されたような静寂感が、ふたたび部屋を訪れていた。十二人の会員たちは、相も変わらずにこにこと笑いながらわたしを見つめている。

「改めて、誕生日おめでとうございます」

と、やがて東村さんの声が静寂を破った。それが口火となって、

「誕生日おめでとう」

十二人の乱れのないシュプレヒコールが、また始まる。

「誕生日おめでとう。おめでとう。おめでとう。おめでとう……」

波のように打ち寄せてくる彼らの声は、いつ終わるとも知れず続いた。

「どうも皆さん、ありがとう」

わたしがぼそりとそう応えると、彼らの声はぴたりとやみ、にこにことこちらを見る笑顔だけが残った。

「どうもありがとうございます」

もう一度礼を述べると、わたしはテーブルの上に並んだ十二個のバースデー・プレゼントに目を移した。

右手、左脚、右足、左腕、左足、左手、右脚、右腕、両耳、胴体、心臓、そして首。

――二十歳になったわたしの前に今、まぎれもないもう一人のわたしが、いる。

＊＊＊＊＊＊

午後八時半。《J》から出てみると、外は白い雪の夜だった。

星ひとつない真っ暗な空から湧き出すようにして、ふわふわと綿雪が舞い降りてくる。いつごろ降りだしたのだろうか、家々の屋根や歩道の端にはもう、うっすらと白い絨毯《じゅうたん》が……。

ビルの前の銀杏の木の下には、例の黄色い乳母車が置き去りにされたままだった。貰《もら》ったバースデー・プレゼントをその乳母車に積み込んで、わたしは独り帰路についた。

傘はない。コートのフードをかぶって、わたしは凍えた夜を歩きはじめる。

頼りなく風に揺れながら落ちてくる雪が、腕や肩を徐々に白く染めていく。それを払いもせず、わたしは黙々と帰り道を急ぐ。ばらばらに解体されたわたし自身を乗せた、古びた乳母車を押して——。

積載重量超過だろうか、乳母車はぎしぎしと、今にも壊れそうな軋《きし》みを発しながら転がる。

道行く人々の目に、そんなわたしの姿はきっとさぞや奇妙なものに映っただろう。けれど、誰にも声をかけられることはなかった。

早く部屋に帰り着きたかった。

帰って、シャワーを済ませた頃には、行雄さんが来てくれる。わたしはいつもの不器用な笑顔でそれを迎えるだろう。寒い中をやって来た彼のために、熱い紅茶を淹れてあげよう。それから……。

〈……誕生日おめでとう〉

彼はわたしに云うのだ。

〈二十歳の誕生日だね……〉

ああ、これはゆうべの夢。ゆうべ見た、今夜の出来事の夢。今夜——十二月二十四日、わたしの二十歳の誕生日の夜の……。

商店街を抜ける。

タカナカ刃物店の飾り窓にはもうシャッターが下りていた。開いている店もまだいくつかある。薄っぺらな楽器で奏でられる「ジングル・ベル」のメロディが、どこかから流れ出してくる。

……かぁん、かぁん、かぁん

やがてまた、通せんぼの踏切。赤い眼の警報機がけたたましく闇を震わせる。

かぁん、かぁん、かぁん、かぁん……

雪はやや勢いを増して風に舞う。乳母車の握り手に両手をかけたまま、わたしは遮断機の前で足踏みを続ける。

かぁん、かぁん、かぁん、かぁん……

甲高く、けれども淡々と。

かぁん、かぁん、かぁん……と、その音をまねて口の中で呟《つぶや》くうち、そこでわたしは、突然に巨大な疑問を抱きはじめるのだった。

〈……誕生日おめでとう。二十歳の誕生日だね〉

ゆうべ見た、今夜の出来事の夢。

〈これ、僕からのプレゼント。すぐに開けてみて……〉

今夜の……今夜？　――本当にそれは今夜の出来事なのだろうか。

赤いリボンのかかった平べったい包み。その中から現われる、金色の柄のペティ・ナイフ。

〈……さあ。それで僕を刺しておくれ。そのナイフで、今すぐに……〉

行雄さんはそう云った。そう云ったように、わたしには思えた。

〈さあ、早く……〉

わたしはナイフを握りしめ、彼の喉にその切っ先を突き立てる。思ったよりも柔らかな感触。生温かい真っ赤な液体が、わたしの顔に噴きかかる。

……ご……ご……

遠くから響いてくる重々しい音を聞きながら――。

ごご……ごごご……

今夜ではない、とわたしはようやく気づいた。いや、思い出したと云うべきだろうか。

今夜ではない。

これはゆうべの出来事なのだ。

ゆうべ――十二月二十三日の夜、行雄さんはわたしの部屋にやって来た。そして時刻が午前零時を過ぎるのを待って、わたしに云ったのだった。

〈二十四日になったね。誕生日おめでとう。二十歳の誕生日だね……〉

今夜これから起こることではない、これはゆうべすでに起こってしまったこと。夢ではない、これは現実の……。

〈……どうしてなの、行雄さん。どうしてわたしにこんなことをさせるの。わたしはあなたのことがこんなに好きなのに。こんなにあなたを愛しているのに……〉

これは、そう、裏返しの台詞。傷口から噴き出す血を押さえながら彼が投げかけた言葉を、そのままなぞったような。

〈……どうしてなんだ、由伊ちゃん。どうして僕にこんなことをするんだ。僕は君のことがこんなに好きなのに。こんなに君を愛しているのに……〉

泣きながら、わたしは彼を刺しつづけた。気が狂ったように刺しつづけた。そしてさらに、そうだ、わたしは息絶えた彼を浴室に運び、そこで彼の身体をばらばらに切り刻んでいったのだった。今月の初めにタカナカ刃物店で買った、大振りな肉切り包丁を使って。

……ごご……ごごご……

そう。これは夢ではない、ゆうべ本当にあった出来事――。

ごごご……ごごごご……

行雄さんはきっと、おとなしくわたしの帰りを待っているだろう。早く彼のそばに戻ってあげよう。そうして今夜、わたしたちはひとつになろう。決して離ればなれにならないように。今度こそ、独りぼっちにならないように。

虫喰いだらけの頭の中、わたしは妖《あや》しく浮かれた気分で考える。

乳母車の中にいるわたし。部屋で待っている行雄さん。ばらばらになったわたしたち二人の身体を、針と糸を使って丁寧に縫い合わせよう。わたしの首を彼の胴体に。彼の首をわたしの胴体に。腕や脚はどのように組み合わせようか……。

……かぁん、かぁん、かぁん
淡々と続く警報機の音。それを掻き消すようにして膨れ上がる、
ごごごごごごごごおおおおお……！

これは、近づいてくる列車の轟音。

足踏みを止め、かぶっていたフードを外しながら、わたしは掠《かす》れた声で呟く。

「二十歳のわたしへ――」

そしてわたしは、乳母車をその場に置いたまま、遮断機の下をくぐりぬける。暗い別世界のような踏切の中に飛び込む。

「ひとつはわたしの命を」

猛然と迫りくる白い光に向かい、わたしは両腕を広げて叫ぶ。

「生まれてくるわたしたちのために」

……………

轟音と警笛と叫び声と鳴りつづける警報機……その狭間《はざま》にほんの一瞬、奇跡のように訪れた静寂の中で、商店街から流れてくる「ジングル・ベル」が「聖《きよ》しこの夜」に変わるのを、わたしは聞いた。

Histoire d'œil

鉄橋

Ayatsuji Yukito

「あと三十分ほどかな。女神川《めがみがわ》鉄橋まで。——うん。ちょうどそのくらいか」

小泉秀武《こいずみひでたけ》が、腕時計を見ながらそう云《い》い落とす。ひとしきり話がはずんだあとに続いていた沈黙がそれによって破られたので、他の三人はいっせいに彼の言葉に注目した。

先ほどからかなり、左右の揺れが強くなってきている。

ＪＲのとある本線を走る夜行列車。乗客の姿もまばらなその車両の中で、起きているのは彼ら四人だけのようだった。季節は夏も盛りだが、内陸部でだいぶ標高の高い地方に来ているため、半袖《はんそで》だとやや肌寒い。

「それ、何のこと？」

眼鏡のレンズを拭《ふ》いていた手を止めて、柳瀬《やなせ》ひとみが尋ねた。

「あ……いや、べつに」

うっかり口に出してしまったものの、あまり話したくはない、といった素振りだった。

小泉はほっそりとした顎《あご》に手を当て、いくらか云い澱《よど》んでから、

「大したことじゃないんですよ」

と答えた。

「まあまあ、そう云わずに。せっかくなんだから話しちまえよ。女神川鉄橋がどうかした

って？」

身を乗り出して、剛田喜一郎《ごうだきいちろう》が云った。さっきまで、黄金山《こがねやま》トンネルに出るという幽霊の話を、大袈裟《おおげさ》な身振り手振りを交えていかにもおどろおどろしい口調で語っていた男である。大柄でよく陽に焼けた肌、角張った顔にぎょろりとした目……といった、押しの強そうなその風貌《ふうぼう》は、小柄で線の細い小泉とは好対照だと云える。

「弱ったなあ」

頭を掻《か》きながら小泉が呟《つぶや》くと、彼の横に坐《すわ》った髪の長い女が、

「ねえ、秀武君」

心細げな声を洩《も》らした。

「あたし、怖いのはもう嫌だからね」

彼女の名は咲谷由伊《さきたにゆい》。柳瀬ひとみとは同い年の従姉妹《いとこ》同士であり、同時に小泉秀武の恋人でもあった。

この春からめでたく大学生となった四人である。進んだ大学はそれぞれ違うが、彼らはみんな同じ高校の出身で、小泉と由伊は高三の時のクラスメイトだった。剛田とひとみもまた高校時代からつきあっている恋人同士なのだけれど、年齢は剛田のほうがひとつ上。彼が大学受験にしくじって一年浪人していたため、現在は同じ学年になってしまったというわけである。

さて、この二組の若いカップル、夏休みを利用して、剛田の伯父が経営する避暑地のリゾートホテルへ遊びにいく、その途上にいる。移動手段にわざわざ夜行列車を選んだのは、今回の旅行の発案者である剛田がかつて「鉄道研究会」のメンバーだったという、明快と云えばしごく明快な理由があってのことだった。

「由伊ったら、相変わらず臆病《おくびょう》ねえ」

苦笑まじりに云って、ひとみは眼鏡をかけなおした。ボーイッシュなショートヘアに、黒縁の大きなその眼鏡が妙に似合う。

「さっきの剛田さんの怪談で、もうすっかり怯《おび》えちゃってるの」

「まったくだ」

と、剛田が相槌《あいづち》を打つ。

「怪談ならまだまだこれからって時間じゃないか。まだ一時を過ぎたばかりだ。俺はまだとっときのがあるんだからな、そうあっさり降参してもらっちゃ困るな」

由伊はすると、胸許《むなもと》に垂れた長い髪をゆっくりと撫《な》で下ろしながら、

「そんな……。べつにあたし、臆病なわけじゃないもんね。怖い本だってほら、横溝正史《よこみぞせいし》なんかも読むし」

「横溝って、ありゃあ探偵小説だろ。最後には結局、理詰めで終わっちまうんだから、怪談の怖さとはまた質が違う」

からかい口調で剛田が云うのに、由伊は反論したいようだがうまい言葉が出ない。助けを求める眼差《まなざ》しで、ちらりと小泉のほうを見やった。

「しょうがないなあ」

ぼそりと呟くと、小泉は剛田に向かって云った。

「由伊ちゃんだって、むやみやたらと怖がるわけじゃないんですよ。少なくとも、今さっき剛田さんが聞かせてくれたようなお話に対しては、さほど……」

「どういう意味？」

と、ひとみが首を傾げる。

「ええと、つまり、しょせんさっきの黄金山トンネルの怪談は作り話にすぎないってことです。そう思って聞けばね、とりたてて怖がる必要もないわけで」

「ふん」

剛田は憮然《ぶぜん》と鼻を鳴らし、じろりと目を剝《む》いて小泉の顔をねめつけた。

「それじゃあ何か？　おまえは本物を知ってるって云うのか」

すると小泉は、躊躇《ちゅうちょ》なく「そうです」と頷《うなず》いた。

「嘘云え」

「本当ですよ」

「ほんとよ」

と、由伊が口を挟む。剛田が太い眉《まゆ》をひそめて目を移すと、彼女は心なしかこわばった声音で、

「秀武君が話すのはね、本物なの。あたし、今までに二回、秀武君の怪談を聞いたことがあるんだけど、二回とも……」

「二回とも、なあに？」

ひとみが訝《いぶか》しげに訊《き》く。由伊は一瞬ためらいを見せてから、声を低くして答えた。

「そのあとで起こったの、変なことが」

ひとみと剛田は顔を見合わせ、くすりと小さく笑った。

「ほんとよ」

由伊は声を高くして、

「ほんとなんだから」

「そう。本当なんです」

窓の外の暗闇に視線を流しながら、小泉が云った。

「だからね、女神川鉄橋の件も、あまり話したくはないんです」

「面白そう」

おどけた調子でひとみが云った。

「ほんとかどうか小泉君、今からその話、してみてよ。だいたいね、お化けだとか幽霊だ

とか、そんなもの現実にいるわけがないんだから。ね、剛田さん」

「そのとおり」

自信たっぷりに頷いて、剛田は煙草をくわえる。火を点《つ》けてゆっくりと煙を吐き出しながら、

「そもそも怪談っていうのはだな、作り話であるってことをわきまえたうえで、適当に怖がったり怖がらせたりして楽しむものだろう。違うか？」

数秒の沈黙ののち、小泉は軽く舌を打ち鳴らして、

「そんなに云うのなら、話しましょうか」

と応《こた》えた。

「たぶん話が終わって少しした頃、問題の鉄橋にさしかかることになるでしょうけど」

それから由伊のほうをちらと見て、

「いいかなあ、由伊ちゃん」

「——やっぱり嫌だな、あたし」

由伊は緩くかぶりを振った。

「聞きたくない。——向こうの空いてる席に行ってるね。本、持ってきてるから。話が済んだら呼びにきて」

そして彼女は、網棚に置いてあったバッグの中からポーチを取り出すと、静かに席を立

った。ふわりとした白いワンピースが、あとにかすかな風を残していった。

「実を云うとですね、剛田さんたちも知ってのとおり、僕は去年――高三の春に転校してきたんですけど、その前に住んでいたところがこのあたりだったんです」

みずからの膝《ひざ》の上に視線を落として、小泉秀武は話しはじめた。向かい合った席に並んで坐った二人は、この静かな切り出しに黙って頷いた。

「でね、そのとき実際に起こった――いや、起こったと思われる事件なんです、これは。今からどのくらい前になるのかなあ。――そう。もう十年近くになりますね。僕がまだ小学生だった頃、JRがまだ国鉄だった頃の話です。

七月の、ちょうど今時分でした。学校はもう夏休みに入っていました。濃い緑が生い茂った原っぱ、何だか怖いくらいに赤くて大きな夕陽……」

＊

……そろそろ日が暮れはじめる時間なので、少年は急いで釣りの道具を片づけていた。

目の前を流れる川は、赤い夕陽を照り返しながら、まるで生あるもののようなうねりを見せている。

魚籠《びく》の中では、ハヤやオイカワに交じって幾匹かのアユも音を立てている。魚たちが跳ねるぴちゃぴちゃという音が、少年はたまらなく好きだった。

早く帰らなくちゃ。

歩いて半時間ほどかかるわが家へと、少年は想いを馳《は》せる。家には、夏休みに入ってすぐに風邪をこじらせて寝込んでしまった、少年の双子の弟がいるのだった。

大丈夫かな、と思う。

――大丈夫だ。あいつ、いつも喧嘩《けんか》の時なんか、ぼくよりずっとタフだもの。

道具箱を肩に掛け、竿《さお》と魚籠を両手に持って、少年は土手を登った。

夕陽に染まった原っぱが、あたり一面に広がっている。土手沿いの道をずっと行ったところには国鉄が通っている。女神川に架かった古びた鉄橋も見える。

帰り道を急ごうと何歩か足を進めたが、そこで少年は思わず立ち止まってしまった。

広い野原の中に、何か白いものが……。

目を凝らしてみて、それは白い服を着た少女の姿だと分かった。

びしゃ、と魚の跳ねる音がした。魚籠を持つ手の力が緩んでしまったのだ。けれども少年の目は、その少女に釘付《くぎづ》けになったまま動こうとしなかった。川のほうから吹いてくる風を受けて、夕陽を映した白い服が涼しげになびいている。

何てきれいな女の子だろう、と少年は思った。

肩から胸許へと垂れた長い髪が白い服をバックに揺れ、あたかも少年を、こっちへおいでと招いているかのようだった。赤く染まった愛くるしい顔から、大きな瞳《ひとみ》が一直線にこちらを見つめている。

少年はしばし、われを忘れて佇《たたず》んだ。

やがて白い少女は、こちらを向いたままの姿勢で静かに遠ざかりはじめた。動きだす瞬間にふっと浮かんだ絶妙な微笑を追いかけて、少年もまた歩きはじめる。

おーい

と、少年は初めて声を上げた。

少女は何も応えず、同じ速度で移動を続ける。

おーい　君は誰なんだい

少年は歩調を上げた。釣り竿も魚籠も、いつしか放り出してしまっていた。

おーい　ちょっと待っておくれよ

いくら足を速めても、少女との距離はまるで縮まることがないように思えた。

それからにわかに、太陽の沈む速度が増したかに見えた。追いかけても追いかけても、少女はすうっと逃げていく。相変わらずこちらに顔を向けたまま、まるで宙に浮いてでもいるような澱みのない動きで――。

しかし、少年はどうしても足を止めることができなかった。何か目に見えないものが、強烈な力で少年を摑《つか》んで放さないのだ。

時間はするするとすりぬけ、気がついた時にはもう、西の空に広がった赤い色はすっかり消えてしまっていた。

少年は戸惑った。

いつのまにか陽が落ち、見まわすとあたりが真っ暗なのである。何が何やら分からない。まさにそんな心地だった。

どうしよう。どこまで来てしまったんだろうか。こんなに暗くなっちゃった。帰ったらきっと怒られるぞ……。

少年は途方に暮れる。ところが――。

ふと目を前にやって、少年は驚いた。さっきの少女が、ほんの二、三メートル先に立っているではないか。

何てきれいな女の子だろう、とまた少年は思った。

もはや少女を染める夕陽の色はない。その顔もその腕も、華奢《きやしや》なその身を包んだ服と同様、まるで透きとおるような白さだった。

いったい君は誰なの

少年は不安も忘れて問いかけた。

どこから来たの　どうして止まってくれなかったの

少女は無言のまま、ただ微笑《ほほえ》みを返す。そして、もっと近くへおいでなさい、とでも云うように右手で髪を撫でた。

どこかから何か、とても重々しい物音が聞こえてくる。だが少年は、その音の意味を深く考えようとはしなかった。いや、考えることができなかった、というのが正直なところだろうか。ふらふらとした足取りで、一歩二歩と少女に向かって進んでいく。

ねえ　君は誰なの　名前は何ていうの

少女が立っている、いくぶん高くなったその場所へと、少年はようやく辿《たど》り着く。重々しい物音はますます大きく耳に響いてくるけれども、気には懸けなかった。

少女はもうあとずさりはしなかったが、その代わりに黙って後ろを向いた。白いスカートの裾《すそ》がひらりと弧を描く。

ねえ　君は誰？　どうして何も云わないんだい　何か云ってよ　ねえ

音が、すぐそこまで迫ってくる。とともに何か、強い光が……その時。

少女がおもむろに振り返った。

そこにはしかし、少年が期待していたような愛らしい微笑はなかった。眦《まなじり》を鋭く吊《つ》り上げ、毒々しくも真っ赤な口を大きく裂き広げて、狂ったように笑う顔……。

少年は悲鳴を上げて跳びのこうとしたのだが、時はすでに遅かった。

押し迫る轟音《ごうおん》。鳴り響く警笛。熱く燃える白い光。――一瞬ののち、少年の血が線路を染めた。

国鉄＊＊本線、女神川鉄橋手前。

＊

がたん、といきなり大きく列車が揺れたのが、まるで演出された効果ででもあったかのように、話を聞いていた剛田とひとみをびくりとさせた。

小泉はこほんと小さく咳《せき》払いをし、冷ややかな目で二人を見た。それを意識してか、剛田は必要以上に力を込めた声で、

「それでおしまいか」

と訊いた。

「ええ」

頷いて、小泉はひとみのほうを見やる。彼女は口を噤《つぐ》んだまま、上目遣いに小泉の顔を見返した。

「こりゃあおかしいや」

剛田が野太い声で云った。小泉が首を傾げると、

「うんうん。確かになあ小泉、なかなか堂に入った語り口だったし、最後には俺もちょっ

とぞっとさせられたが。しかしだな、そりゃあやっぱり作り話じゃないか」

「何が……どう？」

「つまりだなあ、あくまでもおまえが、今のは現実にあった事件なんだと云い張るのならば——」

　剛田は分厚い唇を舌で湿らせて、

「その『少年』っていうのは結局、死んじまったんだろう？　『少女』のほうは、たとえば昔その線路で轢死《れきし》した女の子がいた、なんていう因縁話があるのかもしれないが、ありていに云っちまえばまあ、死神みたいなもんだったってわけだな。となると、その事件をおまえが——いや、誰かこの世の者が知っているってこと自体、ありえないお話なんじゃないか」

　どうだ反論できまい？　といった面持ちで剛田は相手を見据《みす》えたが、小泉は表情ひとつ変えずに言葉を返した。

「要するに、なぜ僕がそれを知っているか、が問題なわけですね」

「そうだ。まさか、自分がその『少年』の幽霊だなんて云いだすんじゃあるまいな」

「まさか」

　小泉は首を振って、それから妙に抑揚の失《う》せた調子でこう云うのだった。

「僕は夢の中で事件を体験したんです。僕自身がその『少年』となって」

「ああん？」

「そして、ちょうどそれと同じ時間に、現実に『少年』は女神川鉄橋の手前で列車に轢《ひ》かれて死んでいたんですよ。その少年の名前、小泉秀文《ひでふみ》っていうんですけどね」

「……秀文？」

「僕はね、風邪をこじらせて家で寝込んでいたっていう、彼の双子の弟なんです。――小泉秀武」


車両内はすっかり静まり返った。他の乗客たちがみんな眠っているのは確かなようだ。起きている三人の間にも、しばし沈黙が続いた。ごとっ、ごとん……という「重々しい物音」はしかし、深夜を行く列車全体を包み込んで途切れることがない。

「由伊、どこかしら」

ひとみが、ふと思い出したように云った。小泉が立ち上がり、車両内を見渡す。

「おかしいなあ。ここにはいないみたいですね。本を読むって、いったいどこまで行ったんだろう」

「お手洗いかな」

「さあ」

「もう……やだ。あんな話を聞いたばかりだから、何だか心配になってきちゃう。――あれ？」

「どうしたんだ」

と、剛田が訊いた。ひとみは耳の後ろに掌《てのひら》を当てながら、

「ね、いま何か聞こえなかった？」

「んん？」

剛田は眉をひそめた。

「何かって、何が」

「声が」

と、ひとみは答えた。

「確か今の、由伊の声よ。きゃっ、とでもいうような」

「おいおい、ひとみ。俺には何にも聞こえなかったぜ」

「いや、僕には聞こえましたよ」

小泉が云った。

「由伊ちゃんの声だったかどうかは確信、持てないけど。何だか女の人の悲鳴だったようには……」

そうして小泉はひとみのほうを見やり、二人しておずおずと頷き合う。

「やれやれ」

剛田が大きく肩をすくめた。

「まったくもう。ひとみまで小泉の話に乗せられちまって」

二人は何とも応えない。前の車両へ続く扉のほうへ心許なげな目を向け、じっと耳を澄ましている。

「待ってろ。俺が行って見てきてやる」

そう云って、剛田はのっそりと腰を上げた。

「さっき由伊ちゃんが云ったのが本当なんだったら、このあとその『変なこと』ってやつが起こるわけなんだよな。楽しみにしてるからな、小泉」

そして剛田が通路に立った時、

「もうすぐ鉄橋か」

聞き取れないほどの低い声で、小泉は呟いた。


剛田は独りデッキに出た。

薄暗い照明の下、車輪の音が何倍にも跳ね上がって耳に響き込む。

左右を見るが、誰もいなかった。深夜の闇に染まったガラス窓が、乗降口の戸に貼り付いているだけである。

「由伊ちゃん」

呼んでみるが、返ってくる彼女の声はなかった。

「いないのか、由伊ちゃん」

さらに呼びかけながら、歩を進める。足音はすべて、重々しい車輪音に掻き消されてしまう。

通路の右手にはトイレが、左手には洗面所があるはずだった。耳を澄ますと、蛇口から水の流れ出す音がかすかに聞こえた。

「由伊ちゃん？」

洗面所の前まで行き、閉まっていたカーテンの隙間《すきま》から中を覗《のぞ》き込む。

「ああ、やっぱりそうだ」

白いワンピースの後ろ姿が、そこにはあった。

「ひとみたちが心配してるぜ。君の悲鳴が聞こえたとか何とか云って。すっかり小泉の話を真に受けちまったみたいでさ。もう済んだから、戻ってきなよ」

彼女は何も応えず、洗面台に向かったままだった。

「おい、由伊ちゃん」

声が聞こえていないのだろうか、と不審に思い、剛田はカーテンを開いた。

「どうかしたのか。おい……」

近寄ろうと足を踏み出す。そこでようやく、彼女はおもむろにこちらを振り向いた。

とたん――。

叫び声が、剛田の喉《のど》から迸《ほとばし》る。

「うまくいったみたいね」

デッキのほうから剛田のものらしき悲鳴が聞こえてくると、ひとみはそう云って悪戯《いたずら》っぽく笑った。

「してやったり、ってとこですか」

小泉も愉快そうに頰《ほお》を緩め、

「われらの作戦勝ちですね」

と、瘦《や》せた胸を張った。

「まさか、ひとみさんまでぐるだとは思いつかないでしょうからねえ」

「ほんとに」

頷いて、ひとみはくすくすと声を洩らす。

「一度とっちめてやりたかったのよね、あの人のこと。あとでうんとからかってやろっと」

「剛田さん、気を悪くしないかな」

「大丈夫、大丈夫。このくらいの洒落《しゃれ》が分からないような恋人だったら、べつに要《い》らないもんね」

蒼白《あおじろ》い肌に鋭く吊り上がった眦、毒々しくも真っ赤な口は三日月のように裂け広がっていて……といったゴムマスクを取ると、その下にはちゃんと、よく知った咲谷由伊の顔があった。

「まんまと引っかかっちゃいましたね」

由伊は茶目っけたっぷりに笑った。

「あんがい気が弱いんだ、剛田さん」

へなへなと床に尻《しり》を落としてしまった剛田は、少しの間ぽかんと口を開けたままでいた。怒りだす元気もない、といったふうである。

「きついよなあ。寄ってたかって俺を脅かす手はずになってたってわけ?」

ようやく声を出した彼の膨れっ面があまりにもおかしかったので、由伊は思わず小さく噴き出してしまった。剛田は複雑な笑顔を作りながら、どっこいしょとばかりに立ち上がる。

ゴムマスクを丸めてポーチにしまうと、由伊は洗面所から通路に出た。

「さ、戻りましょ」

「ちょっと待ってくれよ、由伊ちゃん」

剛田はきまりが悪そうに首筋をさすりながら、

「今すぐに戻るのはだな、何と云うか、その……」

「気まずい？」

「ああ、そういうこと」

「へぇ。剛田さんって、見かけによらずナイーヴなのね」

「どう云ってからかわれるか分かったもんじゃない。別の車両でしばらく時間を潰《つぶ》してから……な、由伊ちゃん。頼むからつきあってくれよ」

「しょうがないわねぇ」

と云って、由伊は微笑んだ。


「ねえ、小泉君」

額《ひたい》を車窓のガラスにくっつけて外を見ながら、ひとみが云った。

「さっきの鉄橋の話ね、あれ、もしかしてほんとのこと？」

「やだなあ。まさか怖がってるんですか」

小泉は軽く笑った。

「僕が怪談を話すとそのあとで変なことが起こるって、あれは由伊ちゃんのでまか、せ、ですよ」

「でもさっきの話、何だかいやに迫力があったからさ」

「そうですか。だいたい僕はこのあたりに住んでいたことなんてないし、双子の兄弟なんていうのもいなかったし。あれはですね、前の高校にいた時、この辺から引っ越してきた友だちがいて、そいつから僕が聞いたお話なんですよ」

「ふうん。そうなの」

「お化けだとか幽霊だとか、僕だってまるで信じちゃいませんから。由伊ちゃんだっておんなじでしょう」

それから小泉は大きな欠伸《あくび》をひとつして、

「二人、遅いなあ」

と、デッキのほうへ目を流した。

「ちょっと見てきますね、僕」

「大丈夫だって。剛田さん、あんまり照れ臭いもんだから、由伊ちゃんに頼んで別の車両で時間を稼いでいるのよ、きっと」

「でしょうね」

いったん頷いたものの、小泉はすぐに座席から立ち上がり、

「いや、やっぱり見てきます」

と云った。

「二人して、今度は僕らを脅かす相談でもされていたら困りますからね」

「とか云って」

ひとみは低く笑った。

「ほんとは由伊のことが気になって仕方ないんでしょ」


列車は深夜の闇の中を疲れも知らず走りつづける。

左右の揺れがこれまでにも増して激しい。小泉は足をもつれさせながらデッキに出た。腹を揺さぶるような重々しい車輪音と、ひとしおの肌寒さが同時に身体《からだ》を包み込む。デッキの天井で光る照明は、そろそろ寿命なのだろうか、今にも消えてしまいそうな弱々しさで瞬いていた。

薄暗がりの中、人影はひとつも見当たらなかった。

どこへ行ったのかな、二人とも。

そう思った時、がくんっ、とひときわ激しく車体が揺れた。

瞬間、小泉は完全に平衡感覚を失っていた。壁に手を伸ばして身を支える暇もなく、その場に尻餅《しりもち》をついてしまう。とともに降りかかった、何やら異様な眩暈《めまい》。

ぐらあっ、と頭の中身が揺動した。世界がゆっくりと大きく回転し、同時にちりちりと細かい痺《しび》れが身体中に広がり……。

もしかすると何秒かの間、気を失ってしまったのかもしれない。目には何も映らず、ただ耳の奥で、ごおぉーっという列車の轟音が鳴りつづけているのを感じていた。眩暈が去って意識がはっきりしてくると、今度はなぜかしら、まるで真冬のような寒さを覚えた。

どうしたんだろう。

ぶるぶると頭を振りながら、床に両手をついて立ち上がろうとする。

まいったなあ。貧血でも起こしたか……。由伊ちゃんたち、やっぱり隣の車両へ行ってるのかな。

そんなふうに考えながら、ふと前方に視線を上げると——。

「何だ。由伊ちゃん、いたのかい」

目の前の戸が開けっ放しになっている。そしてその向こうの暗がりに、白いワンピース姿の彼女が立っているのだった。長い黒髪が風になびきながら、背後の闇と微妙に溶け合っている。

「剛田さんは？　びっくりしただろう、彼。あっちまで声が聞こえてきたよ」

もやもやと目が霞《かす》んで、彼女の表情ははっきりと見て取れない。

「由伊ちゃん」

おーい

どこか時空を超えた彼方《かなた》で響く、邪気のない少年の声。

「由伊ちゃん?」

おーい……

そこが隣の車両へ続く入口だと信じて、小泉はふらふらと歩を進めた。

「ねえ、由伊ちゃん」

繰り返し恋人の名を呼びながら、彼女が立つ暗がりへと大きく足を踏み出す。

その刹那《せつな》――。

少女の顔は狂ったような恐ろしい笑いに歪《ゆが》み、彼は長く尾を引く悲鳴を残して、真っ暗な虚空へと吸い込まれていった。

……転落。

今しも列車は、黒くうずくまる女神川鉄橋にさしかかろうとしている。

Histoire d'œil

人形

Ayatsuji Yukito

三十三歳の春、私は生まれて初めて入院というものを体験した。

急病に罹《かか》ったとか、交通事故に遭ったとかいうわけではない。作家という仕事柄、自身の健康管理はついおろそかにしがちである。そろそろ若くはないのだし、今年あたりから定期的に病院で検査を受けてみてはどうかと周囲に勧められ、重い腰を上げた。その結果さっそく、ちょっとした異常が発見されたのである。

詳しく経過を説明しはじめると長くなるので控えるが、喉《のど》の奥、声帯の少し手前に発生していたその異常は、放っておくと致命的な病気にも進行しかねないものだと云《い》われた。そんなわけだから、一も二もなく手術を受けることに決めたのだった。

二日前から入院して、手術そのものは短時間で無事に終了した。切開はせず、内視鏡で覗《のぞ》きながら電気メスで焼き切るという方法の手術だったのだが、私は全身麻酔を施されてその間ずっと眠っていた。痛みや恐怖を感じることとは、従ってまったくなかった。

手術中から手術後にかけての長い眠りの中で、私は奇妙な夢を見た。夢はたいがいすぐに忘れてしまうものだけれど、あの時の夢の内容はなぜかしら今でもはっきりと憶《おぼ》えている。

私は庭に立っていた。

桜に梅、金木犀《きんもくせい》、枇杷《びわ》、紫陽花《あじさい》、無花果《いちじく》、八手《やつで》……といった種々の樹木が文字どおり雑然と植えられた、とても広くて、けれどもいやに薄暗い庭。これはおそらく、私が子供の頃に住んでいた家の庭だ。

その奥——かぶさりあった木々の枝や葉を掻《か》き分けて進んでいった奥に、畳二畳ぶんほどのスペースがある。そしてそこに、白く塗られた何枚もの細長い板が立ち並んでいるのだった。

等間隔で並んだそれらは、まるで何かの墓標のように見える。私はそろそろと近寄り、いちばん右端の一枚を引き抜く。それから地面に屈《かが》み込んで、その下の土を素手で掘り返しはじめるのだ。

やがて、土の中から古びた木の箱が現われる。板と同じように白く塗られた、長細い木の箱。大きさは、長さがせいぜい四十センチくらいのものなのだけれど、何やらその形状は私に「棺《ひつぎ》」という言葉を連想させた。

『だめだよ』

そんな声がいきなり聞こえて、私は振り返る。うっすらと漂う蒼白《あおじろ》い靄《もや》の中、Tシャツに半ズボンの小さな子供が立っていた。

『だめだよ、開けちゃ』

と、もう一度云った時、子供の姿は中学生くらいの少年に変わっていた。詰め襟の黒い学生服を着て、頭には形の崩れた学生帽をかぶっている。

どうしてだめなのか。

私は首を傾げる。

どうしてこれを開けてはいけないのか。この中には何が入っているのか。君は（君たちは）いったい誰なのか……。

『だめだよ、開けちゃ』

と、さらに云った時、少年は黒い革のジャンパーを着た長髪の青年に形を変えていた。

『開けちゃだめだ。後悔するよ』

私は彼（それとも彼ら？）から視線をそらし、掘り出した木箱に向き直った。若干のためらいののち、そろりとそれに手を伸ばす。

だが、蓋《ふた》が開かれる前に、夢は途切れた。

掠《かす》れた呻《うめ》き声とともに目を開くと、心配そうにベッドを覗き込む妻の顔があった。

＊

いびつな形の土地に建った、古くて大きな家。昼間でも太陽の光が届かないその家の一室で、独り――。

えている。

膝《ひざ》を抱えて坐《すわ》っている、小さな子供。思いつめたような目でじっと、薄闇の一点を見据《みす》

庭の木や草が語らなくなった。虫や鳥の言葉が分からなくなった。雲や水の歌声が聞こえなくなった……。

〃世界〃が急激にその形を変えはじめて、どうしたらいいのか途方に暮れていた――あれは二十八年前、五歳の頃の私。

＊

退院後、たまっていた仕事をこなすのはなかなか大変だった。

雑誌の連載を抱えていなかったのが、まだしも幸いだったと云える。執筆中の書き下ろし長編の締切を大幅に遅らせてもらい、単発で来るエッセイや対談などの依頼は身体《からだ》の不調を理由に断わり、そうこうするうちに二ヵ月半が過ぎてしまった。

八月に入って、私と同じく物書きを生業《なりわい》としている妻が、どうしても必要な取材のため海外へ旅行に出ることになった。それに時機を合わせて、私のほうはしばらく実家へ帰ろうと決めた。

大した手術ではなかったとは云え、その後の体調はやはり、あまり芳しいものではなか

った。食生活にはなるべく気を遣うように、と医師から指導を受けているものの、悲しいかな私にはまるで料理の心得がない。妻がいないあいだ外食ばかりというのも良くないだろうと思い、では自分もどこかの温泉地へでも静養に行こうかどうしようかと迷ったあげくの、それは決定だった。

考えてみれば、もうずいぶんと長く父母や妹の顔を見ていない。入院・手術の時も、たいそうな病気ではないから見舞いには来るな、と云ってあったのだ。たまにはあっちの家へ帰ってやるのも、親孝行というものだろう。

そんなわけで、妻が旅に出たその日の夕方には、私はノートパソコンと資料、それから数日ぶんの着替えの服を車に積み込んで、隣県の田舎町にある実家へと向かったのだった。

＊

いびつな形の土地に建てられた家である。建物のほうは十年ほど前に改築されていて、昔の面影はまったくない。だが、広い庭のほうぼうに雑然と植えられたさまざまな木々の様子は以前のとおりで、おのずから私は、二ヵ月半前の手術の際に見た例の夢を思い出した。

結婚してこの家を出ていく前に私が使っていた部屋は、当時のまま残されていた。一階の南側に面した八畳の洋間である。

パソコンをその部屋に運び込み、机の上に設置した。資料はベッドの上に放り出し、着替えは整理《せいり》箪笥《だんす》の抽斗《ひきだし》に突っ込んだ。

その夜、母が作ってくれた手料理を久しぶりに食べた。懐かしい味だとしみじみ思ったけれど、とりたてて美味《おい》しいとは感じなかった。何年も離れて生活していると、どうしても味付けの好みが変わってしまうということか。

父は仕事仲間とゴルフ旅行だとかで、三、四日は家に帰ってこないという。妹は由伊《ゆい》という名前で、私よりも八歳年下。今年二十五歳になるが、一度結婚して、一年も経たぬうちに戻ってきた。まだ咲谷《さきたに》という相手方の姓を名乗っているが、いずれは籍も抜いてしまうつもりらしい。結婚はもうこりごりだそうで、この半年ばかりは近くの保育園に勤めている。

とりあえず一週間ほど、こちらに滞在する予定だった。締切が迫った雑誌の短編原稿を、そこで何とか完成させようという心づもりもあった。

プロの小説家になって、早くも七年めである。この間、実にいろいろな出来事があった。処女長編を上梓《じょうし》した際の、予想外の売れ行き。名のある新人賞を獲《と》ったというわけでもなく、ただ単に自分が書きたくて書いたものをある編集者が面白がってくれて、出した本だった。それがとんとん拍子に話題になって、話題になったぶん、あれこれと玄人の評論家たちから文句を云われもした。けれども私はそういった声をさして気にすることもなく——能天気すぎるとよく云われるのだが——、相変わらず自分が書きたいものだけを書きたいように書きつづけてきた。

結局のところ、それが幸いしたのかもしれない。この春——入院の少し前だった——には、その筋ではかなりの伝統と権威を持つという文学賞をいただく運びとなった。受賞そのものは、素直に喜ぶべきことだった。本の売れ行きも変わらず好調で、かなり生活に余裕もできてきていた。だが、私の中には一抹の不安があった。このままではいけない、このままだとだめになってしまう……そんな不安が、拭《ぬぐ》いがたく。

どうしてだろうか。なぜそんな不安を抱かねばならないのだろうか。

その答えが出ないままに私は入院し、そして手術を受けたのだった。

焼き切られたみずからの肉体の一部分を、私は医師に頼んであとで見せてもらった。それは何とも云えずどす黒い色をした、腐った牡蠣《かき》のような肉の塊《かたまり》だった。

＊

『チビ。おおい、チビ』

いくら名前を呼んでも目を覚まさない。ぼくの声が聞こえないのだろうか、と子供は不審に思う。

『チビ、どうしたの』

チビは死んでしまったのだと、そう教えられた時、子供は涙を流すこともできず、ただ呆然《ぼうぜん》とするばかりだった。

足許《あしもと》に広がる闇の深さをいたずらに恐れた――あれは二十四年前、九歳の頃の私。

＊

翌日になって、こちらに帰ってきたことの失敗に気づいた。

暑い。じっとしていると身体がじわじわ溶けていきそうなくらいに、暑いのだ。

エアコンを点《つ》けても、暑さにさほどの変化はなかった。長らく使っていなかったせいだろうか、機械の調子がおかしくなってしまっているようなのである。

そんな部屋の中でいくらパソコンに向かっていたところで、仕事が捗《はかど》るわけがない。古い扇風機を押し入れから引っ張り出してきて点けてみたが、慰みにもならないような生ぬるい風は、不快感ゆえの苛立《いらだ》たしさをかえって煽《あお》るだけだった。

翌々日も、さらにその翌日も、同様の暑さが続いた。

上りつめた気温は日が暮れかかってもいっこうに下がらず、休みなく鳴きつづける蟬《せみ》たちの声が、それまではさほども気にならなかったのが、無性に腹立たしく思えてくる。こういう時には激しい夕立でもざあっと降ってくれたなら、多少は気分も晴れるだろうに。しかしそれさえも、ここのところ、ががらという煮えきらない雷の音だけで通り過ぎていってしまう。

窓のガラス越しに庭を見てみると、黄緑色の屋根の下で、夏痩《なつや》せ気味の雄の柴犬《しばいぬ》――エルという名の――が一匹、長い舌をだらりと垂らして伸びている。気まぐれにガラスを叩《たた》いたりしてみるが、彼も夏バテなのかしら、こちらを見向きもしない。

散らかった机の上に視線を投げる。

パソコンの液晶画面に映し出された文字の群れ。かれこれ二時間かかって、できあがったのはこのたった原稿用紙一枚ぶんだけか。

やりきれぬ溜息《ためいき》がひとつ、汗のようにぽたりと落ちて、それでまた私の焦りはつのる。こんなコンディションの中でいくらあくせくしてみても、思うように書けないのは仕方がないことだ。何しろこの異常な暑さなんだから。

都合よく責任を自分以外のものに転嫁してしまうと、そこでようやく開き直りの気持ちが生まれてくる。

原稿のことは忘れ、近くの河原までエルを連れて散歩に出てみようと決めた。

さすがに風がいくぶん涼しくて心地《ここち》好《よ》い。太陽はもう西の山々に半分以上、身を隠そうとしている。空模様は、いつのまにか雲が広がってきていて怪しげだが、心配は要《い》らないだろう。どうせまた、雷ごろごろだけであとはお預けに決まっている。

*

黄金時代の高名な名探偵の愛称を名にいただいたわが家の飼い犬は、さっきまでの様子が演技だったのではないかと疑いたくなるほどに元気だった。伸びきっていたはずのやつがくんくんと鼻を鳴らし、尻尾《しっぽ》を振りながらついてきた。

河原に到着すると、すぐにリードを外してやった。ものすごい勢いで、あちこちを駆けまわりはじめる。

私は川のすぐ縁《ふち》に腕組みをして立ち、何となしに目を瞑《つぶ》った。

流れの音がほんのかすかな渦となって私の身体を包み込み、そのますうっとどこかへ吸い込んでいこうとする——そんな錯覚に、しばし酔いしれた。いっそのこと本当に吸い込まれてしまえばいいのに、などとも思えてくる。

やがて足許でもぞもぞと動くものを感じ、私ははっと目を開いた。

見ると、何のことはない、ひとしきりそこいらじゅうを駆けまわったエルが戻ってきているのだ。地面にちょんと坐り、何事か告げたそうに私の顔を見上げる。

「よしよし」

身を屈めて頭を撫《な》でてやったところで、私はエルが口に何かをくわえているのを見つけた。

「うん？　何か拾ってきたのか」

問いかけてそれに手を伸ばそうとすると、エルはこちらの意図を察したかのように口を開いた。ぱさっ、と草の上に落ちたそれを、何の気なしに拾い上げてみる。

やや遠くで、雷鳴が轟《とどろ》いた。私は大して気にも懸けず、拾い上げたそれをしげしげと眺めた。

何の変哲もないような、それはただの人形であった。

身長は三十センチくらいのものだろうか。マネキン人形を縮小したような造りの品で、いくらか土で汚れてしまっているけれど、まだ新しそうな黄色い半袖《はんそで》のポロシャツを着、ストーンウォッシュの黒いジーンズを穿《は》いている。手の指も足も、なかなか精巧にできているようだ。ところが——。

それにしてはおかしな部分が、ひとつあるのだった。

何だろうか。いったいどうして、これは……。

がらがら……とまた、雷鳴が轟いた。さっきよりもだいぶ近いみたいだ。

こりゃあいけない、ひと雨来るぞ、と直感して、手早くエルの首輪にリードをつなぐと

その矢先、ばらばらと大粒の雨が落ちてきた。

「何てひねくれた雨だ」

なかば呆《あき》れた気分で、吐き出すようにそう呟《つぶや》くと、片手に犬のリードを、片手に人形を持ったまま、私は全速力で駆けだした。

＊

『好きな色は何色？』

——緑。

『次に好きな色は？』

——茶色だよ。……えっ、マフラーを編んでくれるって？

頷《うなず》いて、彼女は屈託なくころころと笑う。少年は戸惑うばかりで、相手を見るその目の光は薄暗い。

緑、茶、赤、青、黄……どんな色でもかまうものか、と声には出さずに毒づいている。

少年の心の中にあるのは、ここのところずっと色を失ったモノクロームの風景だけだったから。

あれは十九年前、十四歳の頃の私。

*

目も鼻も口も耳も、そして髪の毛の一本もない、それはのっぺらぼうの人形だった。

激しい夕立に追われて家へ逃げ帰ると、私はまず人形を自分の部屋に放り込み、自分は母の、

「まあ、そんなにずぶ濡《ぬ》れになって！　風邪でもひいたら大変でしょ」

という、まるっきり子供時代の私に対するのと変わらない大仰な声によって、浴室に放り込まれた。

熱いシャワーを浴びて、Tシャツとジャージーに着替えた。面倒なので髪は乾かさないまま、戦線からやっとのことで帰還した兵士さながらの心地で、居間のソファに身を沈める。

部屋から持ってきたさっきの人形をテーブルの上に置き、改めてじっくり観察してみようとする。だが、なぜかしら瞼《まぶた》がとろんと重くて、思うように意識が集中できない。

それにしてもこの人形、どうして顔がないのだろうか。

首から下がちゃんとしたものであるだけに、その顔がのっぺらぼうであることが、違和

感を通り越して何だかひどく不気味にさえ感じられる。

まさか、こういった商品が市販されているわけでもあるまい。子供が悪戯《いたずら》をして顔を削り取ったにしては、その表面があまりにも滑らかすぎる。製作途中のものが何らかの理由で捨てられたのか。いや、そうだとすると今度は、服を着せてあるという事実が矛盾してくるのではないか。

あれやこれやと考えているうちに、やがて私は瞼の重みに耐えきれなくなり、仕掛けられたような眠りの中に落ち込んでしまった。

＊

ほんの何秒かの微睡《まどろ》みのように思えたのだけれど、目が覚めて壁に掛けられた時計を見てみると、かれこれ一時間以上も経っていることが分かった。

今頃こんなところで、うとうとしている場合ではない。眠気が絡みついて離れない頭の隅を、締切の日付が掠《かす》める。

そろそろ夕飯どきだろうか。厨房《ちゅうぼう》のほうから何やらいい匂いが漂ってくる。そう云えば今日はまだ、ほとんど食事らしい食事をしていない。さすがに腹も減ってきている。さて、今夜の献立は何だろう。

そんなことを考えながらふと前を見て、何だか変だと感じた。

何か変だ。何かおかしい。何かが変わっている。

微睡みの前の記憶を手繰《たぐ》り寄せるのに、意外なほど時間がかかった。

「何かが変わっている」とは……そうだ、例の人形がテーブルの上からなくなっているのである。

ぱたぱたという元気の良い足音が、廊下のほうから聞こえてきた。続いて、居間のドアが開けられる音。振り返ってみると、

「お兄ちゃん」

と呼びかけながら部屋に入ってくる、妹の由伊の姿があった。

二十五歳の出戻り娘というふうには、少なくとも私の目には見えない。いまだ男を知らぬ少女のように、あっけらかんと笑う。腺病質《せんびょうしつ》で生白い私と違って、とても健康そうな小麦色の肌をしている。

「お兄ちゃん、ご飯ですよ」

と、由伊は云った。職場で子供たちにかける声も、きっとこれと同じような調子なのだろうなと思った。

「分かった。――あのさ、由伊」

そう云う私の表情に、やはりどこか普段と異なるところがあったのだろうか。由伊はち

ょっと不審げに、

「何？」

と眉《まゆ》をひそめた。

「ここに置いてあった人形、知らないかな」

テーブルを指さしながらそう尋ねると、由伊はちょっとまた不審げな面持ちで、「さあ」と小さく首を振った。

「ぬいぐるみの人形なら、あたしの部屋にたくさんあるけど」

「そう。――なら、べつにいいんだ」

由伊が知らないとすると、母が、私の眠っている間にどこかへやってしまったのだろうか。ひと言の断わりもなしに、まさか捨ててしまったりはするまいが。

しかしそれにしても、あんな不良品の人形がどうしてこんなに気になるのだろう。気になる？　――ああ、それは私があの人形に惹かれているということか。いや、むしろ私はあの人形に対して、最初に見た時からある種の嫌悪感を抱いているようにも思えるのだが。

なのに、そういった負の感情を持ちながらも、わざわざあれを家まで持ち帰ったり、勝手に捨てられてはいないかと心配したりしてしまう。そんな私自身の中に今、何か確実な矛盾めいたものがあるようだ。

吐き出した煙が、冷房の風に巻かれて踊っている。それを見て「きれいだな」と感じてしまうのは、どこか変なんだろうか。

＊

ニコチンとタールをたっぷりと含んだ煙の渦。分厚い受験参考書にぎっしりと並んだ活字の模様などに比べたら、それは本当にきれいな色と形をしている。

少年はうっとりと、不規則に踊るその動きを目で追いかける。けれども次の一瞬、煙はどこまでも醜悪で薄汚い、何やら奇怪な生き物のようにも見えてきて、少年はとても気分が悪くなる。

いま自分は何のためにここに坐っているのだろう。何のためにこの現在《いま》を生きているのだろうか。

とめどもなく続く出口なしの物想いに時間を忘れた——あれは十六年前、十七歳の頃の私。

＊

食卓に着きながら私は、ご飯をよそう母に向かって、居間のテーブルに置いておいた人形はどこへやったのかと質問した。

「人形？　――由伊のぬいぐるみ？」

「違うよ。ほら、このくらいの大きさで、男の恰好《かっこう》をしたやつで……あれ、知らないのかい」

母は真顔で「知らないねえ」と答えた。

「そんなもの、どこで手に入れたの。何でまた人形なんか」

「いや、べつに大したことじゃないんだ。いいよ。気にしないで」

それでもう人形の話をするのはやめにしたのだが、私はそこで、どうして自分が問題の人形の特徴として「のっぺらぼうであること」を云わなかったのかと思い至り、われながら妙な気持ちになった。

人形はどこへ消えてしまったのか。

妙と云えばやはり、それが最も妙なことである。

今この家にいるのは、私と母と妹の三人だけ。なのに、母も妹も、そんなものは知らないと云うのだ。二人が嘘をついているふうには、どうしても私には見えない。

しかし結局のところ、私は人形の行方をさほど長くは探す必要がなかった。なぜならば彼は、私の部屋の机の上でパソコンを背もたれにして、人を小莫迦《こばか》にしたようにちょこんと坐っていたからである。

＊

三十分後、私は浴槽の中に身を沈めていた。

後頭部をタイル張りの壁にもたせかけて、腕は自然に伸ばして浮力に任せる。湯気に霞《かす》む空気をぼんやりと見つめ、額《ひたい》から噴き出して流れる汗の動きを感じながら、なるべく頭を空っぽにしようと努める。

作家の仕事には、基本的には明確な拘束時間がない。気が向いた時にパソコンに向かえばいいし、そこから離れるのも、ホテルにカンヅメにされている状況でもない限り、本人の自由である。

だがその代わり、明確な休息時間というものもない。食事の時も、友だちと話している時も、テレビや映画を観《み》ている時も……どんな時でもいま書いている作品のことが頭のどこかにあって、それについて考えている。ひどい場合には、眠っている間でさえ、ひたすら原稿を書く夢しか見ないという異常な状態にもなってしまう。

だからせめて、入浴の時くらいは何も考えないようにしよう、というのが、七年近くこの仕事をやってきて行き着いた私なりのストレス解消法だった。

頭を空っぽに。何も考えないように。

しかしながら今日は、これがうまくできない。仕事の問題ではなく、それは……。

何も考えまいと無理に押さえつけても、まるでその努力がそのまま反動となって跳ね返ってくるかのようにわらわらと広がってくる、それは……。

「……人形」

知らず知らずのうちに呟いていた。

あれは何なのだろう。

何のために作られ、あの河原に落ちていたのだろう。

そして、いったい誰があれを、居間から私の部屋へ持っていったのだろう。

そんなこと、べつにどうだっていい。あれはただの人形。のっぺらぼうの不良品だ。たまたまあの河原に捨てられていたのを、エルが見つけてくわえてきた。――それだけの話ではないか。

いや、違う。

私にはそう思えた。

違う。あの人形には、やはり何かがある。あるはずなのだ。

何かがある？

なぜそこまでこだわるのか。いったい私は、やはりあの人形に惹かれているわけなのだろうか。――そう。それは確かなことだという気もする。私はあれに惹《ひ》かれている。けれど一方で、私があれをひどく嫌っていることも確かだと思うのだ。恐れていると、そう云ってみてもいいかもしれない。

嫌悪、そして恐怖。

それは必ずしも、あれがのっぺらぼうであることの気味悪さから来るものではない。もっと次元の異なる、もっと複雑な（それともしごく単純な？）……ああ、この感覚をどう表現したらいいのだろうか。

いずれにせよ私は、あの人形に惹かれ、かつ嫌い恐れている。どこと云って良いところもない、いやむしろ良いところなどまるでないのに、捨ててしまう気にはなれず、ややもすると宝物のように可愛《かわい》く……。

想いにふけるうち、顔がかんかんと熱くなってきた。のぼせてしまったような感じである。

こんなふうにいくら考えてみたところで埒《らち》は明かない。そう自分に云い聞かせながら、浴槽から出た。すると、そこで――。

立ち込める湯気の中、目の前の壁に白く曇った鏡が貼り付いている。それに自分の姿がぼんやり映っているのが見えた。

おかしいぞ、と瞬間に思った。

戸惑いつつ、掌《てのひら》で鏡面の曇りを拭《ふ》き取る。そうしてやがて、はっきりと鏡に映し出された私の上半身。その首筋の下、右の鎖骨の上あたりに目を凝らしてみる。

これは？

これはどうしたことだろう。

もう一度、鏡を擦《こす》った。顔を近づけて覗き込んだ。

ああ、そうだ。やっぱりそうだ。

私の身体のその部分から、生まれつきあった大きな黒子《ほくろ》が、跡形もなく消えてしまっているのである。

＊

しょせんは叶《かな》わぬものを求めているだけなのかもしれない。書いても書いても、いくら書いてみても、増えるのは丸めて捨てられた原稿用紙ばかり。

しょせんは届かぬ夢に向かって背伸びしているだけなのかもしれない。歌っても歌っても、いくら歌ってみても、残るのは歌い尽くせぬ想いばかり。

何ひとつ自信が持てなかった。やることなすこと、すべてが失敗に通じると思い込んでいた——あれは十二年前、二十一歳の頃の私。

＊

仕事をする気にはとてもなれなかった。居間に行ってテレビを観たり、母や妹と話をしたりする気にもなれない。かと云って、たとえば車でドライヴに出ようかなどという元気もなく、結局は部屋にこもってパソコンの前で頬杖《ほおづえ》を突く。するとそこで、当然のごとく降りかかってくる疑問――。

生まれつきの黒子が、確かになくなっていた。見間違いでは決してない。鏡に嘘が映るわけもない。とすると、黒子は私の皮膚から純粋に消滅してしまったことになるわけだけれど、はて、いったいそんな現象が医学的にありうるのだろうか。

焦点のぼやけた視線が室内のあちこちを巡り、そして片隅の壁ぎわに置いてあった例の人形を捉《とら》える。

疑問と云えば、そもそもこの人形の存在自体が疑問なのだ。彼はどこで作られたのか。なぜあんなところに落ちていたのか。薄気味の悪いこののっぺらぼうの顔には、いったいどんな秘密が隠されているのだろうか。

そうしているうちにやがて、私の心の中である予感めいた想いが首をもたげた。

莫迦な、と思ったが、そう思えば思うほどにそれは大きく成長してくる。まるで真っ赤な色をしたゴム風船が膨らむように。

膨らみきった風船が割れる寸前、たまらなくなって私は椅子から立ち上がり、人形を取り上げた。

ほとんど毟《むし》り取るようにしてボタンを外し、着ていた黄色いポロシャツを脱がせた。すると——。

人形の首筋の下あたりには、ぽつりとひとつ、真っ黒な点が付いていた。

*

その黒い点は、拭いても擦っても水で洗ってみても、さらにはベンジンを持ち出してきて使ってみても、消えることはなかった。私はむきになって紙やすりで削ってやろうかとまで思ったのだが、そこで考え直した。

冷静になろう。

いくら何でも、そんなことが現実に起こるはずがないではないか。常識外れもはなはだしい。

私の首筋にあった黒子が消えたのは、まあ一歩譲って、何らかの原因によって発生した事実だとしよう。しかし、だからと云って、今日拾ってきたこの人形の首筋に黒い点のあるのが、自分の黒子の移ったものだなどと、そんなふうに考えるのはあまりにも莫迦げている。

そうだ。私がこの人形の首筋を見たのは、今さっきが初めてのことだったのだ。この黒い点は、河原でこれを拾ってきた時からすでにこの部分に付いていた、この人形固有の特徴である——と、そう見なすのが論理的な思考というものだろう。

そう。もちろんそうに決まっている。

明日にはまたあの河原へ行ってこの人形を捨ててきてしまおう、と私は決めた。

*

その夜は妙に寝苦しかった。

わけの分からない、息の詰まりそうな夢ばかりを立て続けに見たように思う。うなされていたらしく、目覚めた時には全身が汗でぐっしょり濡れていた。

枕許の時計を見てみると、午前二時。

ずいぶん長く眠っていたようにも思えるのだが、ベッドに入ったのが十二時過ぎだったから、まだ二時間も経っていないことになる。

それにしても、どんな夢にうなされていたのだろうか。

仰向《あおむ》けになって両手を額に当てながら、ついさっきまで見ていた夢の光景を覚醒《かくせい》した意識の下に再現してみようとする。が、半透明な分厚い壁一枚に遮《さえぎ》られてうまく見えてこない。こういう時にいつも感じる歯痒《はがゆ》さが、今は私の気持ちを激しい不安へと駆り立てる。

不安？

私は何が不安なのだろう。いったい何が、そんなに……。

壁の一角が音もなく崩れて、閉じ込められていた夢の断片がいきなり飛び出してくる。

妻の顔が、脳裡《のうり》にぼうっと映し出される。場所はどこかしら広々とした部屋……ホテルのツインルーム？　二人で旅行した時の記憶だろうか。

ソファに腰を下ろした彼女。その横に並んで坐った私。

彼女の小さな白い手。私はその掌をじっと覗き込んでいる。手相でも見ているのだろうか。

やがて掌から目を上げると、私は彼女に向かって何事かを囁《ささや》きかける。私の口は確かに動いているのだが、発せられた言葉が何を意味しているのか、その光景を第三者として観察している私にはなぜだか理解できない。けれどもそれに応《こた》えて、彼女が愛らしく微笑《ほほえ》みながら放った言葉は、いやにはっきりと聞き取ることができた。

『ねえ。この世の中に、指紋のない人っているのかなあ』

それは、あまりにも白々しい通告だった。

通告。——では、いったいそれは誰からの通告だったのか。

その答えとおぼしき光が、どこか遠くでちらちらと見え隠れしている。だけれど私にはまだ、どうしてもそれを読み取ることができないのだった。

その間にも、何かが足音を忍ばせて私の背後に近づいてくる。いや、もうすぐそこまで来てしまっているのではないか。——そんな新しい予感が、私の心中には生まれていた。耐えがたいほどの不安が、まるで津波のように巨大な隆起を見せながら押し迫る。

思い出した夢の断片が気になった。彼女が私に向かって云った言葉、あまりにも白々しい通告（ああ、誰からの？）……。

私は恐る恐る両腕に力を入れた。掌を上に向け、眼前まで持ち上げる。

ぐうっ、というくぐもった呻き声が口から洩《も》れた。

私の手から指紋がなくなっている。

＊

『あなたは何なの』

涙で瞳《ひとみ》を潤《うる》ませながら、あの人は云う。

『あなたは何？　本当は紙石鹸《かみせっけん》でできたお人形さんなんじゃないの』

なるほど、そうかもしれない。紙石鹸とはいかにも良い喩《たと》えではないか。

きっと自分には人を愛する資格がないのだろうと本気で思った——あれは五年前、二十八歳の頃の私。

＊

バネ仕掛けのおもちゃのように、ベッドから飛び出した。頭の中では、何か正体の知れぬ原色の模様が、ゆっくりといびつな回転を見せはじめていた。

人形は？

人形はどこだ？

指紋を失った両手をパジャマのポケットに突っ込んでしまい、これは何かの間違いだ、間違いなんだと自分に云い聞かせながらも、私の目は必死になってあの人形の姿を探し求めていた。

寝る前に置いてあった壁ぎわの場所には……いない。

どこだ。どこへ行ったんだ。

そしてまもなく、私はそれを見つけた。パソコンを置いた机の前の回転椅子に、彼は坐っていた。

あたふたと駆け寄り、胴体を鷲掴《わしづか》みにして人形を取り上げる。白いのっぺらぼうの顔が、取り乱す私を嘲笑《あざわら》っているように見えた。震えて力の入らない指で、人形の手首をつまむ。その掌を覗き込む。

「ああ……」

信じられないことだが、そこにはやはり、気味の悪いほどにくっきりと、細かな渦巻きの溝が刻み込まれていたのだった。

私の心の中はもう、高速で回転する極彩色のメリーゴーラウンドを四方八方に歪《ゆが》めたようなありさまだった。驚きと戸惑いと恐れ、怒りと悲しみと焦り、そして絶望……ありとあらゆる感情が、めちゃくちゃに入り混じって轟々《ごうごう》と渦巻いている。だが、よもやそこにある種の「歓《よろこ》び」までもが含まれていようとは、もちろんまだ私は気づかずにいたのである。

歪んだ渦の中から真っ先に浮かび上がってきたものは、とにかくこの人形を一刻も早く自分から遠ざけてしまいたいという欲求だった。

「化物め」

吐きつけるように呟くと、私は庭に面した窓を開けた。

もう一秒たりとも、こんな恐ろしいものと同じ部屋にいるのは嫌だ。それだけの想いが身体を支配し、私は渾身《こんしん》の力で人形を窓の外へと投げ捨てた。

地面に落下したあと、人形は庭の奥の木立に転がり込み、丈高く伸びた雑草にまぎれて見えなくなった。

*

しばらくしていくらか落ち着きを取り戻すと、新たなひとつの疑念が持ち上がってきた。あの人形を最初に見たとき当然、気づいても良さそうなものだったあることが、今頃になって気に懸かりはじめたのだ。

黄色い半袖のポロシャツ。ストーンウォッシュの黒いジーンズ。

私は整理箪笥の前に立った。四日前にこの家に帰ってきた時、着替えの服を突っ込んでおいた箪笥である。

黄色い半袖のポロシャツ。ストーンウォッシュの黒いジーンズ。

人形に着せられていた服と同じようなものを、確か私はここに持ってきていたのではなかったか。

そんなことをいくら確かめてみても、今さらどうなるわけでもない。しょせんは無駄なあがきにすぎないのだ。なかばそう確信しながらも、私はやっきになって箪笥の中を調べた。その結果——。

見つかったのは、それらがそこからなくなってしまっているという事実であった。

＊

まやかしの時間軸に沿って広がる暗い空間——幾人もの私によって共有された記憶の海に漂う、幾隻もの船の中に、幾人もの私がいる。

あれは二十八年前、五歳の頃の私。

あれは二十四年前、九歳の頃の私。

あれは十九年前、十四歳の頃の私。

あれは十六年前、十七歳の頃の私。

あれは十二年前、二十一歳の頃の私。

あれは五年前、二十八歳の頃の私。

あれは……。

靄に包まれた庭の片隅に立ち並んだ白い板は、彼らの（私たちの）墓標だ。そしてあの下の土に埋められた白い木箱は、彼らの（私たちの）棺なのだ。

*

箪笥から離れると、私はふらふらと足をもつれさせて椅子に寄りかかった。不快な軋《きし》みを発して、ゆっくりと椅子が回る。

——と。

自分のものとは思えないような掠れた悲鳴が、部屋の空気を震わせた。

さっき庭に投げ捨てたはずの人形が、そこに坐っていたのだ。まるで自分こそがこの部屋の主《あるじ》だとでも云わんばかりに。

いやしかし、まったくそのとおりなのかもしれない。

私にはやっと分かってきたような気がする。——そうだ。この人形の正体は結局、かく云うこの私自身なのだろうから。

こいつに抵抗することはすなわち、自分自身に対する反逆に他ならないのだ。——と、そう分かりかけていながらもなお、この人形を目の前から消してしまいたいという激しい衝動を、私は抑えることができなかった。

壊してしまえ。

それが、私の抵抗であった。

今ならまだ取り返しがつく。今すぐにこいつを壊してしまえば、それで済むのだ。自分を取り戻せるのだ。

だがしかし、「自分」とはいったい何なのだろう。——それは「私」のことか。

では、「私」とは？　——今ここにいるもの、ここにあるもの。この頭、この脳髄の中に存在する意識。

では……。

繰り言のように自問を続けながらも、私は机の隅に転がっていたカッターナイフを右手に握った。

さあ、壊せ。

頭の中で声が響く。そののっぺらぼうの首を切り落としてしまえ。

殺してしまえ。

けれどもやはり、私にはその声に従う勇気が持てなかった。

「首を切り落とせ」とは、人形のか？　——そう、人形のだ。だが、それはもしかすると、私のなのかもしれない。

疑いはまず私に、人形の腕を少しだけ傷つけさせた。ナイフの切っ先をゆっくりと押しつける。

ぷつっ、と軽いが確かな手応えがあった。

人形の白い腕にはしかし、蚊に刺されたほどの傷痕《きずあと》もつかない。その代わりに走る鋭い痛み。それは私の腕にあった。傷口から滲《にじ》み出す血も、私の赤い血……。

ナイフが床に落ちて、小さな音を立てた。

＊

私にはもう、この人形をどうすることもできない。

どこへ捨て去ろうと、すぐにここへ戻ってくるだろう。また、これを破壊してしまうことは、信じたくはないけれども、おそらく私自身の死を意味するのだ。

このまま放っておくしかない。そういう話なのか。

不意に――。

つん、という圧迫感が耳に生じた。

一秒、二秒とそれは続き、また不意に消えた。

何が起こったのだろうと考えるまもなく、私は感じ、そして知った。まるで宇宙そのものが消滅してしまったかのような、限りない静寂が私を包み込んでいる。

静寂、沈黙……いや、そんな生やさしいものではない。今この瞬間に、私の聴覚それ自体が根こそぎ消し飛んでしまったのだ。

私は人形に目を向けた。

彼は進化していた。さっきまではのっぺらぼうで何も付いていなかったその頭部に、新たなものがふたつ。――耳だ。

次の瞬間には、私は何か絶望の言葉を吐き落としたつもりだった。

耳のなくなった私にはむろん、それが聞こえたはずがない。だが仮に耳があったとしても、私がその時の自分の声を聞くことは不可能だっただろう。つまり、私には言葉が発声できなかったということである。人形の顔に今、口ができたのだ。

もはや呻き声すら洩らせない。何だか目が霞んできたようにも思える。手足がだるくて自由が利かないように感じるのも、気のせいだけではあるまい。

人形は今や、のっぺらぼうではない。

耳がある。口がある。そしてやがては、すべてが揃うのだ。目も鼻も髪も……すべてが揃って、彼は私になるのだ。

新しい私に。

＊

「もう起きてるの、お兄ちゃん」

ノックの音に続いて聞こえてきた由伊の声に、私はすぐに「ああ」と答えた。

パソコンの前から離れ、ドアに向かう。

「ひょっとして寝てないの？　あんまり無理しちゃだめだよ。また検査で変なもの見つかるぞ。こっちへは休養に来たんでしょ」

「大丈夫」

私は笑って、ポロシャツの襟に付いていた汚れを手で払う。

「でも、何となく昨日《きのう》よりも顔色がいいみたい。コーヒーでも淹《い》れてあげようか」

「いや、いいよ。朝飯ができたら呼びにきておくれ」

「じゃあ……あれ？　なあに、それ」

そう云って由伊は、部屋の片隅を指さす。私はちらりとそちらへ目をやって、

「散歩に出た時、河原で拾ってきたのさ。ちょっと変わってるだろう」

「何だか気味悪い……。そう云えば昨日、人形がどうしたとか云ってたよね。それのことだったの」

「まあね」

「嫌ねえ、拾ってくるなんて。どこの誰が持ってたものなのかも分からないのに」

「ほんの気まぐれ」

「ほんとにもう、お兄ちゃん、変わってるんだから。まさかそれ、持って帰るつもり？

そんなの、お義姉《ねえ》ちゃんが嫌がると思うなあ」

「そうかな」

「だいたいね、お兄ちゃんは……」

「分かった分かった」

両手を上げて由伊を追い出すと、私は机に戻った。パソコンのキーボードに指を広げながら、壁ぎわに転がった人形にそっと視線を流す。

身長三十センチくらいの、マネキン人形を縮小したような造りの品だった。青いパジャマを着たそれは、目も鼻も口も耳も、そして髪の毛さえないのっぺらぼうである。由伊が「気味悪い」と云うのも無理はない。

白い「墓標」がいくつも立ち並んだ薄暗い庭の光景を、混沌《こんとん》とした記憶の海から探り出しながら——。

ああ、これで何度めだろう、と私は考えていた。

Histoire d'oeil

眼球綺譚

Ayatsuji Yukito

読んでください。

夜中に、一人で。


雨が降っている。それほどひどい降り方ではないけれど、このところ毎日のように、日が暮れた頃から降りはじめる。

今夜も雨が降っている。

九月もなかばを過ぎて、ようやく秋らしい涼しさが感じられるようになった。けれども降る雨は妙に生温かい。


読んでください。

夜中に、一人で。

確かにこれは、彼の――倉橋実《くらはしみのる》の筆跡だ。それに間違いはないと思う。

天井の蛍光灯が一本、切れかけている。徐々に暗くなってきては、ぱっと元に戻る。その不規則な明滅が苛立《いらだ》たしくて、明りをデスクライトだけにする。

近くに二十四時間営業のコンヴィニエンスストアがある。そこに換えの蛍光灯を買いにいこうかとも思ったが、この時間に雨の中へ出ていくのも気が進まない。

買い物は、そう、明日まとめてゆっくりとすればいい。明日は久しぶりの休日なのだから。

窓ぎわに据《す》えたスチール製のライティングデスク。四年半前、大学に入って独り暮らしを始めた時に買ったもの。

椅子は肘《ひじ》掛け付きの回転椅子。これも学生時代から使っているもので、坐《すわ》ると低い軋《きし》みを洩《も》らす。

嫌な音だなといつも思うのだけれど、買い換えるつもりは今のところない。

留守番電話にいくつかのメッセージ。その中に、郷里の母の声が交じっていた。

『元気にしてるかい』

彼女の第一声は、決まってこれだ。

『たまには骨休めに帰っておいでよね』

もう子供じゃないんだから、とわたしは笑って応《こた》える。大学時代から、えんえんと続いているお決まりのやりとり。

もう子供じゃない。学生時代はまだいくらか親たちの世話になっていたが、今はちゃんと自分で働いて自立生活をしている。

だから心配は要《い》らないよ、とわたしは云《い》う。

『でも』

反論しようとして、彼女は口ごもる。

『でもね……』

わたしは申しわけないような、それでいてとても腹立たしいような、何とも複雑な気分になる。ありがとうと素直に応える気にもなれないし、放っておいてくれと怒鳴りつける気にもなれない。

当たり前な親子なら、こんな気持ちにはならないものなのだろうか。


それよりも問題は、これだ。

わたしはデスクの上に視線を落とす。

読んでください。

夜中に、一人で。

縦書きの便箋《びんせん》に、黒いインクでそう書かれている。

文章のあとには、一週間前の日付。そのさらにあとには「手塚《てづか》さんへ」「倉橋より」とある。

通信文はそれだけだった。

便箋の横には、大判の封筒が置いてある。わたし宛の郵便だ。便箋は、この中に入っていた。

宛先が間違っていることには、すぐに気づいた。前のアドレスが書いてある。郵便局が転送してくれたわけか。

今年の三月に大学を卒業し、東京の某出版社に就職すると同時に今の部屋へ引っ越してきた。転居通知を出したのはごく少数の友人たちだけで、その中に彼——倉橋実は含まれていなかったから。

封筒の裏には差出人の住所氏名が、宛名書きや便箋の文字と同じ筆跡で記されている。倉橋実。

どんな男だったろう。

同じ大学の一年後輩。学部は違ったけれども、同じ学内団体に所属していた。「西洋美術研究会」という小さなサークルだった。

最後に会ったのはいつだったろう。

わたしは四年に上がった頃から、ほとんどサークルの会合には顔を出さなくなっていた。いや、しかし卒業前の追い出しコンパには出席した憶《おぼ》えがある。あの時、彼は来ていただろうか。

たかだかこの何年間かの記憶なのに、そこに残っている彼の姿はいやに影が薄い。

雨の音が少し激しくなってきている。

明日は日中も降るのだろうか。


『元気にしてるかい』

電話機に眼をやると、母の声が蘇《よみがえ》る。

『たまには骨休めに帰っておいでよね』

帰ってこいと云われても……。

あの家にはわたしの居場所がない。高校一年の時にあの件を知らされて以来ずっと、ない。

そんなことはあるものかと母は、そして父も、きっと声を高くして云うだろう。彼らの気持ちが偽りだなどとは思わない。思わないけれど、動かしがたい事実は事実として、確かにそこにある。

わたしは彼らの本当の子供ではない。血がつながっていない、という意味だ。そして、いま地元の高校に通っている六つ年下の弟には、彼らから受け継いだ血が流れている。

幼い頃——物心がつくよりもずっと前に、わたしは彼ら夫婦の許《もと》に引き取られたのだという。それまではどこかの施設で育てられていたのだそうだが、詳しいところは聞かされていない。わたしのほうから積極的に問いただしてもいない。

不妊を診断されていたはずの夫婦に実の子供ができたのは、その六年後のことだった。それが弟だ。

もちろんわたしは、自分を引き取り育ててくれた彼らに感謝しこそすれ、彼らを怨《うら》む気持ちなどさらさらない。その事実を知らされた時も、決して取り乱したり必要以上に嘆いたりはしなかった。われながら不思議に思えるほど、心は落ち着いていた。いや、醒《さ》めていた、と云ったほうがいいかもしれない。

その後も父母の愛情は、わたしと弟の両方に分け隔てなく注がれた。

『あなたは運の強い子だから』

母はよくそんなふうに云っていた。

『あなたはね、神様に特別に愛された子なんだよ』

聞けば、わたしはごく幼い頃、何か大病を患《わずら》ったことがあるらしい。医者も見放してしまうくらい手の施しようのない状態だったのが、ほとんど奇跡的に回復したのだという。

だから——と、母は云うのだった。

あなたはあたしたちにもその幸運を分けてくれているのよ、と。諦《あきら》めていた子宝に恵まれたのも、あなたがもたらしてくれた幸運のひとつなのよ、と。

どこまで本気でそう思っているのだろう、と疑いたくなることもある。けれど、まったく心にもない言葉を口にしているようには、少なくともわたしには見えない。


読んでください。

夜中に、一人で。


デスクの上には便箋と封筒と、それから一冊の薄っぺらな冊子がある。

B5判の紙を綴《と》じて製本した手作りの冊子。これが倉橋実から来た郵便の、主要な内容物だった。

砂色の厚紙が表紙に使われている。その中央に大書された、四つの文字。

眼球綺譚《がんきゅうきたん》
不揃いな字だ。まるでわざと余所見《よそみ》をして書いたかのように、ひどく斜めに歪《ゆが》んで並んでいる。封筒や便箋の文字とは、これだけが違う筆跡のようにも見える。

手書きの部分はこの題名だけで、中身の文章はすべてワープロで打たれているようだった。ちらちらとページをめくってみた感じ、どうやら小説の原稿らしい。この体裁でこの分量だと、長さは四百字詰めにして百枚ほどのものだろうか。

彼が——倉橋実が書いた小説？

それを彼はいきなりわたしに送りつけてきて、「読んでください」と云うわけか。しかも「夜中に、一人で」という変な注文を添えて。

わたしの就職した先がわりあいに名の通った出版社だということを、サークルの後輩である彼が知っていても不思議ではない。配属された部署が月刊小説誌の編集部だということも、耳に入るチャンスはあるだろう。——それで？

わたしは記憶を探る。

倉橋実。

彼はどういう男だったか。

サークルで作っていた会誌に彼の文章が載ったのを、何度か眼にしたことがある。自己紹介とか展覧会の鑑賞記とかいった短いエッセイのたぐいだったように思うが、筆跡に見憶えがあるのは、だからだろうか。小説を書く趣味があるという話は、しかし一度も聞いた憶えがない。

無口でおとなしい男だった。

ひょろりとした体格で、いつも地味な服を着ていて。集まったメンバーの中に彼が交じっていても、すぐにはそれに気がつかない、そんな感じ。

確か、大学には一浪して入ったと云っていた。後輩とは云っても、だからわたしとは同い年ということになる。

他には……。

わたしはさらに記憶を探る。


……ああ、そうだ。

心の隅からひらりと滑り出してきた、ある光景。

古い一戸建ての家だった。庭には満開の桜の木。縁側に置かれた籐椅子《とういす》に腰を下ろして日向《ひなた》ぼっこをしている、白髪の初老男性。その足許にうずくまっている一匹の犬。

『盲導犬なんです。父は眼が見えないんですよ』

そんなふうに話していた……そう、あれが彼だ。倉橋実だ。

わたしが三年の時だったと思う。倉橋も入れたサークルのメンバー何人かで美術館へ行った、その帰り。

家が近くだから――と、そこで倉橋が云いだしたのだった。せっかくだからちょっと寄っていきませんか、と。

つい二年半ほど前のことだ。なのに、脳裡《のうり》に映し出されたあの時の光景は、何だか古い写真のように色褪《いろあ》せている。

雨の音が、またいくらか強さを増したように思える。

わたしは煙草をくわえる。一日に何本か、一人でいる時にだけ吸う。火を点《つ》けながら、ちらりと窓を見やる。

六階建てのマンションの、四階の一室。少し開いたカーテンの隙間《すきま》、闇色のガラスに映ったわたし自身の影が見える。

読んでください。

夜中に、一人で。

便箋に並んだ文字にもう一度、眼をくれる。

今、時刻は午前零時を回ったところだ。疲れてはいるけれど、眠くてたまらないわけではまだない。

読んでみようか。

「眼球綺譚」という手書きの題字をそっと指先で撫《な》で、わたしは原稿を取り上げる。

眼球綺譚

一

何年ぶりだろうか、この街に来るのは。

駅舎から出た時、私は今さらのようにそう思い、少なからぬ感慨にふけった。

暮れがけの駅前通りは、そこそこの人出で賑《にぎ》わっている。にもかかわらず、私は「静かな街だな」としみじみ感じた。それはつまり、いま私が住んでいる大都市が、そこから見えるこの国の様子が、あまりにも騒がしすぎるということの裏返しだろう。

街並みはさすがにずいぶんと変わってしまっていた。だが、そこかしこに記憶と響き合うものも残っている。たとえばそれは、駅舎の斜め向かいにある土産物屋の古びた看板だったり、その何軒か隣にある交番の陰気な佇《たたず》まいだったりする。

旅館まではタクシーに乗った。電話をすればマイクロバスで迎えにきてくれるという話もあったのだが、それも何だか面倒だったから。

タクシーの運転手はたいそう陽気な中年男で、道中、こちらの反応などおかまいなしによく喋《しゃべ》った。

「お客様は神様です、ってね」

カーラジオから新しく流れ出した歌を聴くや、運転手はものまね調子でそう云った。私でも名前と顔を知っている国民的演歌歌手が歌う、大阪万博《おおさかばんぱく》のテーマソングだった。

「いやいや、あたしゃあずっとそう思ってこの仕事をやってきたんですがね、今日日《きょうび》そんな呑気《のんき》なことばかりも云っちゃおれんみたいですな。ねえお客さん。命あっての物種って云うでしょうが」

どういう意味だろう、と私は思ったが、それを口に出す暇もなく、

「殺されちゃあおしまいだよねえ」

と、運転手は言葉を続けた。

「たまたま乗せた客に喉《のど》を掻《か》っ切られたうえ、眼ん玉までくりぬかれちまうなんてなあ。おっかないったらありゃしない。——おや、お客さん知らないんですかね。新聞にもでっかく載っとったでしょう。もうだいぶ前のことになりますが」

そんな記事を読んだ記憶はなかった。もっとも、その手の血腥《ちなまぐさ》い事件に対して、おそらく私は人並み以下の関心しか持っていない。だから、たとえそれが全国版の紙面を賑わし

た報道だったとしても、見過ごしてしまったということは充分にありうる。

「眼玉をくりぬかれて、ですか」

そこのところが、私にしてもやはりショッキングだった。聞き直すと、運転手は小さく何度も頷《うなず》きながら、

「まったく、たまったもんじゃありませんよなあ。幽霊になって化けて出ても、相手が見えやしない」

そう云うと、自分ではよほど面白い冗談だと思ったのだろう、からからと大声を上げて笑った。


U＊＊市という山間《やまあい》の小都市である。

父の仕事の関係で幼い時分から各地を転々とした私が、思春期の数年間を過ごした街だった。この街の高校に二年生の終わりまで通い、家がまた別の土地へ引っ越すとともに転校した。親戚《しんせき》筋の人間が住んでいるわけでもないので、だからそれ以来、ずっとここを訪れる機会はなかった。

十七年半ぶり、という勘定になるか。

その間にはもちろん、さまざまな出来事があった。

高校を出ると、私は上京して大学で物理学を専攻し、その後は大学院へ進んだ。大学院

在籍中に別の大学から声がかかって研究室の助手を務め、一昨年、三十三歳の春にその教室の助教授となった。研究者としてはまず、非常に恵まれた境遇にあると云って良い。

両親はすでに他界している。母は高校時代、この街に住んでいた時に逝《い》き、父は私が三十の時に病死した。その二年後、私は結婚した。新婦側の親類縁者ばかりが多く集まった挙式だった。

ここ数年間、大学に吹き荒れてきた学園紛争の嵐は、私のように元来政治や思想に無関心な人間にとって、まさに嵐以外の何物でもなかった。静かに研究生活を送りたいという、それだけが私の望みだったのだが、状況はなかなかそうさせてはくれなかった。身辺にはひっきりなしに雑事が降りかかり、私の脆弱《ぜいじゃく》な神経を摩耗させた。

嵐はようやく鎮静化の方向へ向かいつつあったけれども、私はと云えば、不眠と食欲不振、全身の倦怠《けんたい》感に加えて、この春頃からずっと、しばしば起こる頭痛と眩暈《めまい》に悩まされていた。一度ちゃんとした検査を受けてくれという妻の言葉に従って病院へ行ってみたのだけれど、そこで特別な身体的異常が発見されることはなかった。

精神的に疲れているのだろう、と医者は云った。

とにかく心を休めることです。しばらく休暇を取って、旅行でもされてはどうですか。どこか静かな土地でゆっくり温泉にでも浸《つ》かるのが一番でしょう。

旅に出ることにしたのは、そういうわけだった。「静かな土地」であれば、だから行く先はどこでも良かったのである。

伊豆《いず》とか箱根《はこね》とか、手近な温泉地へでも行こうかと初めは考えたのだが、おりしもそこへ一通の手紙が舞い込んだ。来《きた》る九月某日、高校のクラス会を開くことになったので――という案内であった。

「幹事・重松健徳《しげまつたけのり》」とあるのを見て、私の心は揺れた。高校時代あまり多くの友人を作ろうとしなかった私が、例外的に親しくつきあっていた男が彼だった。二年間しか在学しなかった高校のクラス会そのものにはさして興味は覚えなかったが、彼には会いたいものだと思った。

と同時に――。

長らく思い出すことのなかったあの時代の出来事が、まるで攪拌《かくはん》された水の底から古い澱《おり》が浮かび上がるようにして、私の心に蘇ってきたのだった。

あの山間の街。

母を亡くしたあの季節。

そして……。

あの街へ行こう、と私は決めた。

結婚して三年め、七歳年下の妻は今、出産のため隣町の実家に帰っている。そんな時期に私が家を空けるのもどうかと思ったのだが、妻も彼女の親たちも、せっかくなのだから せいぜいのんびりしてくればいい、と云って快く送り出してくれた。

早ければ来月早々にでも、私は一児の父となる。この私が、人の子の親になるのだ。

ひょっとすると私は、その前に区切りをつけておきたいと思ったのかもしれない。十七年半前、この街に置き去りにしてきた自分の心のかけら――そう呼ぶにはあまりにも大きな一部分だったのかもしれない――を、取り戻したいとは云わぬまでも、今のこの明晰《めいせき》な意識の下で掘り返し、確かめ、そうして静かに弔《とむら》ってやりたい、と。

二

街の西部には、古くからの湯治場として知られる界隈《かいわい》がある。宿はそこに取ってあった。この旅の本来の目的は、あくまでも「静養」なのである。

旅館に落ち着くと、私はさっそく重松健徳に電話を入れた。

クラス会が開かれるのは明後日の予定だったが、それよりも早くに来てしばらくこちらに滞在するつもりであることを、彼には事前に知らせてあった。

「やあやあ、倉橋センセイ」

電話に出た重松の声は、まるで昔と変わるところがないように思えた。それは先月、クラス会の案内を受け取ったあとに電話をして、久方ぶりに声を聞いた時にも感じたことである。

「すぐに駆けつけて一杯、といきたいところなんだが、あいにく檀家《だんか》で急な死人が出ちまってね。人手の都合もあって、今晩はその通夜へ行かなくちゃならない」

重松は、街でもわりあいに名の知れた寺の息子だった。目下、父親の跡を継ぐべく修行中の身なのだという。

「おかまいなく。僕のほうはたっぷり時間があるから」

「一週間いるんだっけ」

「その予定だよ」

「明日の夕飯を一緒に喰《く》おう。うまい焼肉屋を知ってるんだ」

「坊主が焼肉かい」

「明治維新以前の話をするなよ」

重松は愉快そうに笑った。

「高校のそばに《凡《ボン》》っていう喫茶店があったの、憶えてるか。あそこに五時っていうのはどうだ」

「まだあるのか、あの店」

「いつ潰《つぶ》れても不思議じゃない風情《ふぜい》だが」

「五時だね」

「いいかな」

「こちらは何の問題もない」

「よし決まった。じゃあ明日……」

心地好《ここちよ》いやりとりだった。

自分と同じ三十五歳になった彼の顔を想像しようとしたが、浮かぶのは学生服に坊主頭の、人の好さそうな少年の顔ばかりである。いや、しかし坊主頭はきっと今も同じなんだろうなと思い、私は独り頰《ほお》を緩めた。


軽く湯に浸かり、夕食の時にはいくらかの酒を飲んで、その夜は早めに眠った。

久しぶりの長旅で、身体《からだ》は存外な疲れ方をしているらしかった。床に入ると、普段の不眠が嘘のようにするりと眠りに落ちてしまったのだから、旅に出ろという医者の言葉はまんざらいい加減な助言でもなかったということになる。

その夜の眠りは快適だったが、明け方近くに一度、眼が覚めたのを憶えている。自分の出した声が、覚醒《かくせい》の直接の原因だった。

「お母さん……」

そう、私は口走っていたように思う。

お母さん？　——私は母の夢を見たのか。そうして母を呼んでいたということか。

「……お母さん」

薄暗がりの中で、意識して呟《つぶや》いた。眼を閉じ、心を探った。

瞼《まぶた》の裏に滲《にじ》み出る彼女の顔は、しかしぼんやりとした輪郭のみだった。十八年前——高校二年の夏に亡くした母の面立ちをはっきりと思い出すことが、この十数年来、私にはどうしてもできないのである。

ただ——。

不思議な色をした、ふたつの眼。

時としてそれだけが、顔全体からは切り離された形で心に浮かぶ。

黒でもない、茶色でもない。決して言葉では表わすことの叶《かな》わぬ、まるでこの世界の外から持ち込んだ絵の具を密《ひそ》かに混ぜ合わせて作ったような、不思議な色の眼……。

……お母さん？

本当にそれが彼女の——自分の母親の眼なのかどうか、記憶を囲い込んだ壁は異様に厚くて、私には確信が持てないのだけれど。

三

翌日、午後になって私は出かけた。重松との約束の時間まで、足の向くままに街を歩いてみようと思ったのである。

むかし私が住んでいたのは桜町《さくらまち》というところで、これは街の北部に位置する。宿からはバスを使わねばならない距離だった。通っていた高校はちょうどその中間あたりにある。

わざと《桜町》のいくつか手前の停留所でバスを降りた。

古い記憶を頼りに道を辿《たど》る。途中、重松の寺の横を通った。境内を囲った長い土塀は昔と変わらぬ風情で、まだ夏の色を残す木々がその向こうに見えた。

そこからさらに歩いて十分余りの場所に、かつて私の家族が暮らしていた家があるはずだった。ささやかな庭の付いた小さな平屋だった。

今でもその家があるのかどうか、私は八割がた「ない」と踏んでいたのだけれども、その予想は外れた。壁を塗り直したり、敷地をブロック塀で囲い直したりといった改修の手が加えられたうえで、その家は十七年半前と同じ場所に残っていた。

表札にはもちろん、見知らぬ人物の名が記されている。「懐かしい」とひと言で云ってしまうにはあまりにも複雑な気分になりつつ、私はしばらくの間、道の真ん中に佇んでその家を見つめていた。

がらん、と音がして玄関の戸が開いた。

中から出てきたのはエプロン姿の中年女性で、郵便受けを覗《のぞ》いて何通かの郵便物を取り出したあと、道に立った私の姿に気づいて不審そうに首を傾げた。

「あの、何か」

問われて、私は慌ててかぶりを振り、

「どうもすみません」

わけもなく謝罪の言葉を述べて、すごすごと踵《きびす》を返した。

……この家で。

灰色のブロック塀に沿ってゆっくり歩きながら、私はそろそろと時間を遡《さかのぼ》る。

この小さな家で、私はあの時代の何年かを過ごしたのだ。そこには家長としての父がいて、それに付き従う女としての母がいた。そして、ああ……。

思い出せない母の顔を、私はやっきになって思い出そうとする。けれどもそこで浮かび上がってくるのは、やはりあの不思議な色をしたふたつの眼だけだった。

今、私の手許には一枚も母の写真が残っていない。父が、彼女の死後にすべて焼き捨ててしまったからだ。私が彼女の顔を思い出せない理由のひとつは、そこのところにあるのだとも云えるだろう。

私は記憶を手繰《たぐ》り寄せる。

十八年前に母が死んだのは、そう、病気や事故のためではなかった。彼女はみずからの手でみずからの命を絶ったのである。享年三十六、若くて美しい母だった。

私にしてみれば、そしておそらく父にしてみても、それはまったく突然の事件だった。母は、夫や一人息子の私の眼を盗んで、この街に住む五歳も年下の男と不義の関係を結んでいたのだという。男は余所《よそ》の街から流れてきた自称芸術家だったのだが、彼は彼で妻子のある身だったらしい。

道ならぬ恋に堕《お》ちた二人は、その年——私が十七歳の夏のある日、街外れの森の中で二人して毒を飲んだ。つまりは、自分たちの未来を悲観したあげくの果ての心中だったというわけである。

父は母よりも十歳年上で、昔気質《むかしかたぎ》の、非常にプライドの高い男だった。彼が実際のところ妻をどれほど愛していたのか、私は知らない。しかし、彼が自分を裏切った妻を死ぬまで許そうとはしなかったことだけは、嫌と云うほど知っている。

母の骨は、だから父の郷里にある倉橋家の墓には納められていない。母の実家のほうに引き取られて埋葬されたという話だけれど、父が私を連れてその墓に参ることはついに一度としてなかった……。

かつて住んでいた家から離れ、私は鈍い足取りでさらに道を進む。

見憶えのある家並みがあちらこちらに残っている。逆に、すっかり昔とは変わってしまったところもある。

これといった当てもなくその界隈を歩きつづけるうち、やがて私は逃れようもなく、あるひとつの記憶に行き当たるのだった。

あの屋敷は今、どうなっているだろう。

四

それは街の北外れ、桜町の私の家から歩いて十五分ほどの場所にあった。当たり前な民家の何十倍もあるような広大な敷地を持った古い洋館が、何かしらこの世ならぬ風情で建っていたのである。

戦前に栄えた某家のお屋敷なのだ、と私は級友たちの噂で教えられた。その家は戦中から戦後にかけてすっかり没落してしまい、今では住む人もいない。何年もの間ずっと門は閉ざされたきりで、もはや廃屋同然の状態なのだという話だった。

そして、あれは確か高校一年の終わり頃のこと——。

学校帰りの夕暮れどきだったと思う。その屋敷のまわりを独りぶらぶらと歩いていて、私はある大発見をしたのだった。

　屋敷は山のきわにあって、四方を高い煉瓦《れんが》塀《べい》で取り囲まれていた。その、裏山の雑木林に面した一角だった。人が一人やっと通り抜けられるような穴が、地面すれすれの高さに口を開けていたのだ。

　自然に壊れてできた破れ目なのか、人工的に作られた抜け穴なのか、どちらとも判断がつかなかった。穴の手前には大きな山毛欅《ぶな》の木が生えていて、その幹が実にうまい具合に眼隠しの役割を果たしていた。普通にこのそばを通りかかっても、まずそんなものがあるとは気づくまい。私の場合は、本当にたまたま、何の気なしに木の後ろを覗き込んでみて見つけたのだった。

　私は興奮した。

　閉ざされた古い洋館は当時の私にとって、大袈裟《おおげさ》な云い方をすれば、決して足を踏み入れることの叶わぬ異世界の象徴であった。高い煉瓦塀は、こちらとあちらとを隔てる越えがたい境界線だった。そこに、期せずしてそんな通路を発見してしまったわけだから。

　薄暗い林の中に、私以外の人影は見当たらなかった。私はほとんどためらうことなく、塀の穴に潜り込んだ。

　噂どおり、その屋敷の荒れ果てた庭の様子は、長年住む人のいない廃墟《はいきょ》以外の何物でもなかった。息をひそめ、足音を殺し、しばらく庭を歩きまわるうちに、加速度をつけて夕闇が押し迫ってきた。その日はそれだけで、塀の外へ引き返した。

それ以降、私がときどきそこへ足を運ぶようになったのは云うまでもない。そしてそのことは、ずっと誰にも秘密にしていた。当時から親しかった重松健徳に対しても、である。建物の中には入れなかった。窓や扉はすべて堅く閉ざされていたからだ。破って入ろうという度胸は、私にはなかった。

何度めかの訪問――いや、やはり「侵入」と云うべきなのだろう――の際、私はさらなる大発見をした。裏庭の、建物からは少し離れた場所に、地下道の入口のようなものを見つけたのである。

その扉は蝶番《ちょうつがい》が壊れていて、把手《とって》を引くと扉ごと手前に倒れてしまった。地面の下へと延びる急な階段が、そしてその向こうにはあった。

異世界から、さらに異世界へと通じる道。――そんなふうに感じた。

塀の穴を見つけたとき以上に胸を昂《たかぶ》らせながら、私は階段を降りていった。

いったい何に使われていた部屋だろうか、階段の先には広い地下室があった。洋館の真下に当たる位置だと察せられた。

壁の天井近くに、小さな明り採りの窓がぽつぽつと設けられていた。そのおかげで、地下室とは云っても、日があるうちは思いのほか明るかった。

壁ぎわには、壊れかけた戸棚がいくつか並んでいた。中央にはどっしりとしたテーブルがあり、椅子も何脚か転がっていた。降りてきた階段の他に、おそらく屋内に通じているのだろうと思われる扉が奥にはあったが、これはどうやっても開かなかった。

それからというもの、私は塀の穴をくぐって屋敷の庭に侵入するたび、必ずその地下室へと足を向けるようになった。

家から蠟燭《ろうそく》や襤褸《ぼろ》切れ、さらには座布団や毛布といったものをこっそりと持ち出してきては、そこに運び込んだ。汚れほうだいに汚れていたテーブルや椅子をきれいに拭《ふ》き、散乱していたがらくたを整理し、床を掃き清めた。それから、何よりも肝心だったのは絵の道具である。

画板に画用紙、絵の具、パレット、筆、水入れ。小遣いをやりくりして、学校の教材とは別に少しずつ買い揃えたそれらの画材を、私は地下室に持ち込んだ。そうしてその春が終わる頃には、私だけの「秘密のアトリエ」がそこにはできあがっていた。

私は絵を描くのが好きだった。子供の時分は、大人になったら画家になりたいと本気で考えていた。しかし私の父は、文学だの芸術だのといったものにはまったく関心のない、それどころかその価値をいっさい否定してかかりたがるたぐいの人間だったのである。

彼が一人息子に望んだのは、まっとうな大学に入ってまっとうな学問を学び、まっとうに「偉い」人間になることだった。それがよく分かっていたから。高校にまで行って絵などに現《うつつ》を抜かしているような男は、ろくな社会人にはなれない。そんなふうにひどく叱りつけられるのは眼に見えていたから。

だから……。

時間を見つけ、人目を忍んで、私は「秘密のアトリエ」に通い、独り絵を描いた。何枚も何枚も。やり場のないエネルギーをすべて注ぎ込むように。

けれども今、その時の絵は一枚も残ってはいない。この街を離れる前に、みずからの手ですべて破り捨ててしまったのだ。そして今の私には、あの頃そこで自分がどのような絵を描いたのか、まるで思い出すことができない。


私は濃霧の漂う記憶の森を彷徨《さまよ》うようにして道を行き、いつしかその前に辿り着いた。

屋敷は、今もなおそこに残っていた。

門は閉ざされ、錠前の付いた鎖が巻きつけられている。門柱に表札はない。あの頃のまま——十七年半前、最後にこの門を見た時のままに。

高い煉瓦塀に沿って、私は努めてゆっくりと歩を進めた。裏山の雑木林に分け入ると、例の山毛欅の大木を探して歩いた。

木は、あった。そして——。

私はなかば恐る恐る、その太い幹の後ろを覗き込んだ。「ああ」という声が、思わず喉から洩れた。

異世界への通路が、そこには黒々と口を開けていた。あの頃のままに。昔と変わっていない。何ひとつ。

そのことが、私にはほとんど奇跡のように思えた。

どのくらいの時間、私はそこに佇んでいただろう。ふと気がつくと、背後に人の息遣いがあった。

悪戯《いたずら》を見咎《みとが》められた子供さながらに、私ははっとその場から跳びのいた。立っていたのは、一人の若い女だった。

二十代前半といった年頃だろうか。細面の整った顔立ちをしていたが、その顔色はいやに蒼白《あおじろ》く、頬がたいそうやつれて見えた。身にまとった服は上下ともに皺《しわ》だらけで、束ねた長い髪にはまるで艶《つや》がない。

「何してるの」

鋭い眼差《まなざ》しで私をねめつけ、女は掠《かす》れた声でそう云った。罪を責める強い口調だった。

「だめよ、ここは」

私は返答に詰まった。その隙に女は、山毛欅の木と私の間に割って入り、

「だめよ。帰って。さあ、帰って」

と声を荒らげた。

ただならぬものを、私は感じざるをえなかった。知らない人間に対する当たり前な口の利き方では、少なくともない。

　気圧《けお》され、うろたえつつも相手の挙動を訝《いぶか》しむ私の前で、彼女はしきりに木のほうを気にしていた。その後ろに隠されたものの存在を知っていて、というふうに察することはしごく容易であった。

「帰って。帰って……」

　同じ言葉を何度も繰り返すうち、あるところで不意に声の勢いが落ちてくる。そうしてやがて、

「……カミサマ」

　ほとんど独り言のように、そう云い落とした。

「あたしのカミサマ……ああ……」

　カミサマ――神様？

　私は一歩あとじさり、まじまじと女の顔を見直した。彼女はしかし、もはや私がここにいることなどすっかり忘れてしまったかのように、何かしらとても頑《かたく》なな表情でゆるゆると頭を振り動かしながら、

「……赤ちゃん。可哀想《かわいそう》な赤ちゃん。ああ、神様……」

　そんなふうに独り呟きつづけるのだった。

いったい何なのだろう、この女は。

狂っているのではないか。そう、私は直感した。

「あのですね、ええと、あなたは——」

極力穏やかな調子で、私は女に声をかけた。

「あなたはどこから来たのですか。どこにお住まいなのですか」

すると彼女は、今度は何だか怯《おび》えた眼つきで私の顔を見返したかと思うと、

「あっち」

と云って、屋敷の東側を指さした。

その素振り、その面差しにふと、私の心のどこかが細波《さざなみ》立《だ》つ。ざわりと何かが、妖《あや》しげな動きを見せる。

何だろうか、これは。

いくつかの記憶が、霧に包まれた心の深みで縺《もつ》れ合っているような感じがする。どうにも歯痒《はがゆ》い気分でそれを手繰り出そうとして、そこでいきなり飛び出してきたもの……。

……不思議な色をした、ふたつの眼。

ああ、これは母の？　——かもしれない。

いや、しかしそうではない、それだけではないのかもしれない。それだけではなくて、これは……。

低く押し殺したような女の笑い声が聞こえた。驚いて見やると、声はぴたりとやみ、彼女の顔は完全な無表情に覆い尽くされた。そして次の瞬間には、何やらひどく悲しげな嗚《お》咽《えつ》を洩らしはじめるのだった。

やはり狂っているのか。だとすれば、いったい何が彼女を狂わせたのだろう。

「……だめよ。近づいちゃだめ。邪魔をしちゃだめ」

そのうちにまた、女は最初と同じような強い口調に戻って私に命じた。

「帰って。さあ、早く」

いいかげん気味が悪くなってきた、というのが正直なところだった。それ以上取り合うことはせず、私は逃げるようにしてその場から立ち去った。

五

「いやあ、すっかり落ち着いた感じになったもんだなあ。倉橋センセイ……いや、昔みたいに茂《しげる》と呼んでもいいのかな」

「ああ、もちろん」

「十七年以上になるか。まったく時間が経つのは早い。それにしても茂、大したもんだなあ。挙動不審が目立ったあの高校生が、今は大学の助教授だってか」

「こちらも云いたいね。あのどうしようもない女好きが、今はお寺の坊主？」

「そのうえ、二児の父だ。来年には三人めが生まれる」

「ほう」

「そっちももうすぐ生まれるって話じゃなかったのか」

「来月の予定だよ」

「何なら俺が名前を考えてやろうか。これでも姓名判断にはうるさいんだ」

待ち合わせの喫茶店で、私は重松健徳と再会した。和服の着流し姿で現われた彼は、予想どおり昔と同じ坊主頭だったが、その軽妙な喋りっぷりは、坊主というよりも落語家を思わせた。

「結婚したのはいつだったんだ」

「三年めになる」

「嫁さんはどういう？」

「おいおい、健ちゃん。会うなり履歴の調査かい」

「いいじゃないの」

煙草のやにで汚れた前歯を剝《む》き出して、重松は軽く手を振った。

「美人なのか」

「その質問はパス。——女房はね、うちの研究室の教授の末娘でね」

「へえぇ。そいつはまた」

「ありがちな構図だろ」

と云って、私は少しばかり自嘲的《じちょうてき》に唇を歪めた。

「まあ、それだけの理由で早々と助教授に昇進したのかと思われても不本意なんだがね。こう見えても、それなりの研究実績はちゃんと上げてきたわけで」

「へえへえ。誰もそんな意地の悪いことは申しませんよ」

眼尻《めじり》に細かい皺を寄せて、重松はにやにやと笑う。それからふっと真顔になり、

「しかし茂、本当にすっかり落ち着いた感じになったなあ」

最初に云ったのと同じような言葉を、しみじみとまた口にした。そんな彼の感想を喜んでいいのかどうか、私は内心すこぶる複雑な気分だった。


重松が案内してくれた店は、なるほどたいそううまい焼肉を食べさせた。もっとも、長らくの食欲不振で胃袋が縮んでしまっている私は、痩《や》せの大喰いをもって自任する友人の半分の量も食べることができなかったのだけれど。

「静かだね、この街は」

何杯めかのビールを友人のグラスに注いでやりながら、私は云った。すると重松は「そうかな」と軽く首を傾げて、赤くなった頬をさすり、

「ずっと住んでる人間にしてみれば、ここもずいぶんと騒がしくなったように見えるんだけどねえ」

「マルクスを愛読してるような連中は少ないだろう」

「おあいにくさま。『資本論』くらいなら俺だって読んだださ。感心はしなかったが」

蛸《たこ》のように唇を尖《とが》らせる重松を見ながら、相変わらずだな、と私は思う。うわべの様子を見る限り単なるお人好しの剽軽者《ひょうきんもの》だが、どうしてなかなかひと筋縄ではいかない男なのである。

「騒がしいと云えば、茂、去年の夏以降は本当に騒がしかったんだ、この街も。物騒な、と云ったほうがいいかな」

「と云うと？」

「ひどい事件が続いてね。殺人事件だ。それも相当に悪質な」

昨日タクシーの中で聞かされた話を、私はすぐに思い出した。

「眼玉をくりぬかれて、ってやつかい」

「ああそう。新聞で見たか」

「いや。こっちでタクシーの運転手から聞いたのさ。たまたま乗せた客にそんなことをされたんじゃあ、たまったもんじゃないと」

「タクシーか。ふん。確か二番めだったか三番めだったかの被害者が、タクシーの運転手だったからな」

「眼玉を云々《うんぬん》っていうのは本当なのか」

「ああ」

重松はぐいとグラスを空けると、店員を呼んで追加のビールを注文した。それが運ばれてくるのを待ってから、

「殺されたのは全部で六人」

と話を続ける。

「半年ちょっとで六人だぜ、このちっぽけな街で。殺されたのはみんなこの街の人間で、タクシーの運転手から会社員、女子中学生、主婦……と、いろいろだった」

「全部を一人の犯人が？」

「被害者たちの間につながりはまったくなかったんだが、みんなね、殺されたあと両方の眼球を抉《えぐ》り取られて持ち去られていたんだ。だから同一犯人だろうと、当然そういう見解になるわな。異常者による連続無差別殺人」

「何ともぞっとしないね」

私は憮然《ぶぜん》と吐き出した。

「で、犯人は捕まったのか」

「死んだよ」

「死んだ?」

「今年の三月だったかな。深夜の路上で七人めを襲おうとしたところを、警官に見つかって射殺された。以来、新たな事件は起こっていない」

「なるほど。どんな奴だったんだ」

「それがね」

重松は言葉を切り、あからさまに顔をしかめた。

「高校の教師だったんだな。それもよりによって、わが母校のさ」

「本当かい、そりゃあ」

「嘘をついてどうする。三十七歳っていうから、俺たちよりもふたつ上か」

「同じ高校の卒業生なのか」

「いや、出身は別の土地だったらしい。名前は吉岡卓治《よしおかたくじ》。学校では理科を教えていた。女房も子供もいたが、もうこの街からは出ていったってさ」

「そりゃあそうだろう」

「本人が死んじまったんで、詳しい動機だの何だのは分からない。まあ、どっかで頭のネジが何本か壊れちまったってことなんだろうな。職場でも家庭でも、まったく普通の真面目な男だったという話だがね。いやはやと云うしかない」

「なぜ眼を抉り取ったりしたんだろう」

「さあねえ」

重松は痩せた肩をすくめ、

「そういう趣味だったってことかね。眼球のコレクター」

「持ち去られた眼は見つかったのか」

「見つからずじまいなんだとさ。家にも学校にも置かれていなかった。そいつがまあ、残った謎と云えば謎だな」

嫌な事件だ、と思った。

日頃は何喰わぬ顔で教壇に立ちながら、密かに殺した人間の眼玉を収集する理科教師。その狂った心中には、いったいどのような風景が広がっていたのだろうか。

当たり前な不快感や嫌悪感を抱く一方で、確かに眼球というのは人間の肉体の中で最も美しい器官だから……と、そんなふうに考えてもみる。

彼が集めたのは、どんな色をした眼たちだったのだろう。

六

その夜はずいぶんと酔っ払ってしまった。焼肉屋を出て重松の行きつけの居酒屋に場を移し、そのあとも何軒かの店をはしごした。旅館に帰り着いたのがけっきょく何時だったのか、よく憶えていない。

あれこれとささいな、酔いが覚めてみればべつにどうということもないように思える昔話を引っ張り出してきては、二人して盛り上がった。互いの現在についても、かなり喋った。旧友と過ごすそんな時間は、基本的にはとても楽しいひとときだったと思う。

重松は二人の子供のことについてもよく話した。二人とも男の子で、上の子はもう小学校の二年生なのだという。何のかんの云いつつ、可愛《かわい》くて仕方がないようだった。来月、自分の子供が生まれれば、私もこんなふうにしてわが子のことを人に話すようになるのだろうか。そう考えて、ふと不安になったのを憶えている。

いったい私は、生まれてくる子供を人並みに愛せるのだろうか。正直云って、まるで自信がない。人を「愛する」ということの意味が、私にはよく分からないからである。

たとえば今、おまえは妻を愛しているかと改まって問われたなら、私は何と答えるだろうか。死んだ父母を愛していたかと問われたなら……?

明くる日は眼が覚めるなり、ひどい悪心《おしん》と頭痛を感じた。宿酔《ふつかよ》いである。仲居に頼んで胃の薬を貰《もら》い、朝食はもちろん昼食を口にする気にもなれずに部屋で寝ていた。

がんがんと不快な不協和音が流れる頭の中を、さまざまな記憶の断片が、意思とは無関係に行き来する。光景、音、言葉、意味、感情、そして思考。遠い過去からつい前夜のものまで。

……茂ちゃん、茂ちゃん。

私の名を呼ぶ、これは母の声。

……茂ちゃん。今日はちょっと、お友だちと出かけるから。お留守番、頼むわね。はいこれ、特別にお小遣い。お父様には内緒よ。

ああ、お母さん。

若くて美しい母だった。けれどもその顔の輪郭はぼんやりとしている。不思議な色をしたふたつの眼だけが、一直線に私を見つめる。私は胸をどきどきさせる。しかし次の一瞬には、激しい悲しみと怒りの爆発がそれを吹き飛ばしてしまう。

爆発のあとには、虚《うつ》ろな残骸《ざんがい》。踏み潰された蟬《せみ》の抜け殻のような。

……荒れ果てた屋敷の庭で。

……薄暗い「秘密のアトリエ」で。

私は絵を描いた。どんな絵だったのかは、忘れてしまった。この街を離れる前に、私は描いた絵をすべて破り捨てた。煉瓦塀に口を開けた穴は、やはりそう、異世界への通路だったのだ。これをくぐって向こう側の世界へ行くことは、もう決してないだろうとあのとき思った。

喪失。その積み重ねの果てにきっと、今の私はいる。私には「愛する」ことの意味が分からない。当たり前だ。私はたぶん、あの塀の向こうにそれを置き去りにしてきてしまったのだろうから。

……だめよ、ここは。

……だめよ。帰って。

これは昨日、あの雑木林の中で出会った狂女の声。

……カミサマ。

……あたしのカミサマ……ああ……。

その声と響き合うようにして、ふと心の奥底から聞こえてくる別の声。

……神様さ。

……神様みたいなものなんだ、きっと。

これは？　いつの、そして誰の？

……それともやっぱり、悪魔なのかな。

……アクマ？

きょとんと眼を丸くした子供の顔が、声に重なって浮かぶ。これは誰だろう。

……悪魔、いや魔女かな。まあ、どれでも同じようなものか。

……ふーん。

……そりゃあたぶん、咲谷美都子《さきたにみつこ》だな。

ああ、今度は昨夜の記憶だ。これはそう、重松健徳の声。二軒めに入ったあの居酒屋で。

――そうだ。


「ひとつ気になることがあって」

と、云いだしたのは私だった。

今日の昼間はあちこちを歩きまわってみたんだ。昔の僕の家もまだあるんだね。それから、あの洋館も。ほら、山ぎわに大きなお屋敷があるだろう。あの頃のまんまなんでびっくりしたよ。相変わらず誰も住んでいないんだねえ……。

そんなふうに話が流れていって、そこで。

「妙な女を見かけたんだよ、あの屋敷のそばで。二十歳《はたち》そこそこの若い娘だったんだけれども、何だかわけの分からないことばかり口走っててね。どうも頭がいかれてるふうだったんだが、あれは……」

「はあん」

小さく頷いて、重松は云ったのだった。

「そりゃあたぶん、咲谷美都子だな」

「咲谷？」

「あの屋敷の近くに一人で住んでる娘だ。この夏あたりからだっていうな、あの女が眼に見えておかしくなってきたのは」

「やっぱり狂ってるのか」

「というもっぱらの噂だね。俺はじかに話したことないけど」

「病院には？」

「身寄りがないんだろう。他人に危害を加えるわけでもないんで、みんな見て見ぬふりをしている。誰もあまり関わり合いになりたくないんだろうな。事情が事情でもあるし」

「事情？」

私が首を傾げると、重松は手酌で猪口《ちょこ》に酒を注ぎながら、しかめっ面をした。

「噂によればだ、何でも美都子は、死んだ吉岡卓治とできてたっていうのさ」

いきなり出てきたその名前に、私はぎょっとした。吉岡卓治。昨年の夏から今年の初めにかけて、この街で六人もの人間を殺したという異常犯……。

「美都子はかつて、吉岡の教え子だったんだな。三年の時には吉岡がクラス担任でもあった。ちょうどその時期、彼女は両親をいっぺんに亡くすという不幸に見舞われたそうなんだが、そのとき親身になって相談に乗ったりしてくれたのが吉岡だったとか。彼女は一人娘で、頼っていく親戚もいなかったらしい」

「それで関係を？」

「噂だぜ、あくまで。仕事柄、街の噂は耳を塞《ふさ》いでいても聞こえてくるもんでね」

「吉岡には妻子がいたんだろう」

「密かに美都子の許に通ってたってことなんだろうな」

「何歳なんだ、あの娘」

「二十二、三じゃないかな」

「けっこう長いつきあいだったわけか。――自分で働いていたのかな」

「高校卒業後はどこやらで事務員をしていたというが。今ははて、どうなんだろうなあ」

「どの程度、信頼できる噂なんだい」

「さあね」

重松は坊主頭をずるりと撫で上げ、

「しかし、美都子が今年になって赤ん坊を産んだという事実があるのは確かだ。俺も、腹が大きくなった彼女を見かけた憶えがあるから。吉岡が警官に撃ち殺されたあと、何ヵ月か経ってのことだった」

「赤ん坊……」

……赤ちゃん。

狂女の声が耳に蘇った。

……可哀想な赤ちゃん。

「それが吉岡の子だったというわけか」

「ま、そういう話になるわな」

頷いて、重松は話を続ける。

「吉岡が例の事件の犯人であることに彼女が以前から勘づいていたのかどうか。警察が事情聴取をしたとも聞くが、実際のところどうだったのかは分からない。吉岡が犯人として射殺された頃からすでに、精神状態はかなり不安定になってたっていうね。そんな彼女が決定的におかしくなったのは、問題の赤ん坊を産んでからだった」

「と云うと？」

「これもまた噂によればだ、生まれた赤ん坊は女の子だったらしいんだが、何と云うかつまり、眼がなかったんだな」

「眼がない？」

「文字どおりさ。顔に眼が存在しない。そんな畸型児《きけいじ》だったっていうんだ」

私は絶句した。そのような先天畸型があるということは、このとき初めて知った。

「赤ん坊の父親が吉岡卓治だったって噂との絡みで、それ見たことかと云う連中がいるのは分かるだろ？　よりによって眼だからな。いかにも町内のオバサンたちが喜びそうな、悪趣味な話だろう。親の因果が子に報い……ってさ」

「それで、美都子は完全におかしくなってしまったと？」

「ああ。仮に噂がぜんぶ本当だとしたら、まあ気が違うのも無理はないかもしれない」

「赤ん坊はどこに？　彼女が家で育ててるのか」

「病院にいるんじゃないかな。隣町の大きな病院に移されたとかいう話を聞いた憶えがあるが……」

……あの頃は茂、本当に変だったよなあ。何か悪いものにでも取り憑《つ》かれたみたいで。俺、けっこう心配してたんだぜ。お袋さんがあんなことになったあとでもあったしさ。ああ、これは――これもまた、昨夜の重松の台詞《せりふ》だ。何軒めの店でだったろう。その頃にはもう、二人ともすっかり酔っ払って正体をなくしかけていた。

……いったい何がどうなってたんだ？　何やら女絡みのことだったみたいだが。変だったよなあ、おまえ。結局いくら訊《き》いても話してくれなかったよなあ。

そこで自分が何と答えたのか、はっきり憶えていない。何とも答えなかった、いや、答えられなかったようにも思う。

心の深みで縺れ合ったいくつかの記憶。鳴りやまぬ不協和音の中で徐々にそれがほどけ、妖しく蠢《うごめ》きながら浮かび上がってこようとする。

……不思議な色をした、ふたつの眼。

やはり、これか。

「……あの女？」

身体を横に向け、むかむかする胃を押さえながら、私は譫言《うわごと》のように呟いた。

七

その日のクラス会は、午後六時から始まる段取りになっていた。夕刻になってようやくいくらか気分が良くなったので、私はあまり気が進まないながらも、とりあえず顔を出しておくことにした。

およそ三十分遅れで会場に着いた。幹事の重松はさすがにちゃんと定刻前に来ていたようである。しかし、昨夜の酒が抜けきっていないのは彼も同じらしく、遅刻して現われた私の姿を見つけると、冴《さ》えない顔色でにっと笑った。

集まったのは二十名余りだった。

現在はどうなのか知らないが、私たちの高校ではクラス替えというものがなかった。だから、二年生までで転校してしまった私にしても、ここに集まった面々のすべてと教室をともにした仲であるはずなのだけれど、彼らのうちのいったいどれほどが私のことを憶えているかは、すこぶる疑問であった。私のほうもその辺の記憶は非常にあやふやで、名前を聞いても顔を見ても、どうしてもぴんと来ない人間が大勢いた。

宴《うたげ》の間、声をかけられれば適当に話を合わせ、あまり得意ではない愛想笑いをふりまきながら、私はずっと昔のことを考えていた。

十八年前の、母を亡くした夏。あのあとも私は、誰にも内緒であの屋敷の「秘密のアトリエ」に通い、独り絵を描きつづけた。そして――ああ、そして……。

……あの女。

そうだ。あの女だ。夏が終わり、新学期が始まってしばらくした頃、あの地下室にとつぜん現われた、あの……。

死んだ母の顔と同様、ぼんやりとした輪郭だけしか思い描くことができない。年齢も、どんないでたちをしていたのかも思い出せない。言葉を交わした記憶さえもない。

ただ、その眼。

例の不思議な色を湛《たた》えたふたつの眼が、母について想いを巡らす時と同じような感じで私を見つめる。

あれはいったい何だったのだろう。

私にはよく分からない。うまく思い出せない。だが、ひとつ確かなのは、私があの頃――高校二年の秋から冬にかけてだと思う――、あの女に取り憑かれていたらしいということである。

重松にも昨夜、云われたではないか。あの頃のおまえは変だった、何か悪いものにでも取り憑かれたみたいだった、と。何やら女絡みのことだったみたいだが、とも。

今夜は酒は控えるつもりだったのだが、いろいろな人間に勧められるままについ、かなりの量を飲んでしまった。そうでもしなければ、なかなか場が持ちそうになかったというのもある。

アルコールが回って意識が不鮮明になってくるのと裏腹に、十八年前の記憶がわらわらと心の底から浮上してき、その存在を主張しはじめる。そうして宴も終わろうかという頃には、私の朦朧《もうろう》とした頭の中では、現在と過去のリアリティのバランスが今にも逆転しそうになっていたように思う。

二次会の誘いは断わって、私は独り街へ彷徨《さまよ》い出た。

空には大きな円い月が浮かんでいた。降り注ぐその妖しい光に誘《いざな》われるようにして、私は酔いに縺れる足で夜を歩いた。

あの夜も、そう云えばこんな満月が出ていた。

そんな記憶がおもむろに首をもたげる。

十八年前の秋。母の死のショックからなかなか立ち直ることができず、それでも——いや、だからこそ、機会を窺《うかが》ってはあの屋敷に足を運んで「秘密のアトリエ」に籠《こ》もっていた、あの頃。そしてあの夜……。

どの道をどのように歩いてきたのかは分からない。気がつくと私は、例の雑木林の中にいた。

懐中電灯のたぐいは持っていなかったけれど、月明りが木の間から射し込んできて、足許の闇を払ってくれた。まったく人気《ひとけ》のない林の中の道を行き、やがて私は問題の山毛欅の大木の前に辿り着く。

木の陰を覗き込むと、昨日見た時のままに、煉瓦塀の下方には、人が一人やっと通り抜けられるほどの穴が口を開けていた。

よく来たね、待っていたよ、とでも云うように。

私は木の後ろに身を滑り込ませ、地面を覆った雑草の上に這《は》いつくばった。

十八年前のしなやかな体格と敏捷《びんしょう》な動きは、悲しいかな今の私にはない。小さな塀の穴に、ようやくの思いで足のほうから潜り込む。どうにか通ることはできそうだったが、そこで私は動きを止め、考え込んだ。

この街を離れる前、もう決してこの塀の向こう側へは行くまいと心に誓ったのを思い出す。この中で起こったことはすべてここに封印し、異世界での出来事として忘れ去ってしまおうと決めた。――そう。そうだったのだ。

その誓いを今、私は破ろうとしている。

良いのだろうか。後悔しないだろうか。

十八年前のあの季節、私はこの中で何を体験したのか。何を見、何を感じ、何を考え、そして何を描いたのか。

おそらくはそれらのすべてを、この通路をくぐりぬけることによって私は思い出すのだろう。今、多少酒に酔ってはいるが、少なくともあの頃よりはずっと冷徹で明晰な意識の下に――。

果たしてそうするのが良いことなのか良くないことなのか、私にはどちらとも判断が下せなかった。

腰のあたりまで穴に潜り込んだところで、私は重なり合った木の葉の隙間から射す蒼い月光に眼を上げる。

行きなさい、とそれは命じていた。

そのために、おまえはここへ帰ってきたのではなかったのか、と。

私は意を決し、通路を抜けた。

八

屋敷の庭の光景は、記憶にある十八年前のそれよりもさらに荒廃の度が進んでいた。

かつて庭木として植えられた木々の様子は、さながら原生林の中で奔放に育った野生の樹木を思わせる。地面は生い茂った雑草と長年の間に堆積《たいせき》した落葉の残骸で埋め尽くされ、その中を一歩進むごとに多くの虫たちが、がさがさと音を立てて逃げ惑う。

月明りを頼りに、私は足を進めた。

蒼白く照らし出された洋館をまわりこみ、地下室の入口があった裏庭へと向かう。途中、幾度か足を縺れさせて転びそうになったけれど、ここまで来て引き返そうとはもはや考えなかった。

やがて地下室の入口が見えてきた。

壊れた扉がある。地下へ延びる急な階段がある。どれもこれも、あの頃のままに。

階段の手前で私は立ち止まり、煙草を一本ゆっくりと吹かした。

ああ、そう云えば私が初めて煙草というものを吸ったのも、この場所でだった。母が死んだ直後のことだ。家に置いてあった父親の煙草を何本かくすねてきて、この入口の壁にもたれかかって火を点けた。あのとき生まれて初めて経験した、快感と不快感が微妙に入り混じった眩暈の感覚を思い出す。ニコチンが染み込んだ現在の肉体では決して感じることのできない、あの……。

それからそう、私が初めて酒というものを飲んだのも、ここでだった。この階段の下の「秘密のアトリエ」で、これもまた家からこっそり持ち出してきたウィスキーを、加減も分からないままに何杯も飲んだ。その夜、父はちょうど出張中でこの街にはおらず、だから酔い潰れてしまうほどに飲んで家に帰れなくても、咎める者はいないだろうと踏んでの行動だったと思う。そして……。

私は思い出す。

そうだ。その同じ夜——今日と同じような満月の夜——のこと、だった。私の前にあの女が現われたのは。


何が何だかわけが分からない、というのが最初の想いだった。

地下室のテーブルの前に坐り、私は独り酒を飲んでいた。飲みながら、蠟燭の明りで絵を描いていたような気もする。

やがて私は呆気《あっけ》なくも酔い潰れ、床に敷いた毛布の上で眠り込んでしまった。そうしてそのあと——。

はっと眼を開いた時、私のすぐそばにあの女がいたのだ。

どんな顔立ちだったのかははっきりしない。どんないでたちだったのかもはっきりしない。ただ、不思議な色をした（母と同じような？）彼女の眼だけを、今でも鮮明に思い浮かべることができる。

女は何も喋らなかった。

横たわった私の顔をまっすぐに見つめ、それからおもむろに唇を近づけて私の唇を吸った。軟体動物のような熱い舌が、私の舌を求めて蠢き、絡みついてきた。

いったい何が起こったのか、起ころうとしているのか。——痺《しび》れるような酔い心地の中で、私は戸惑うばかりだった。抵抗を試みようとしたかもしれない。けれど、それはまったく無駄なあがきでしかなかった。

いつしか女の白い裸身が、私の身体に重なっていた。

あの時の快楽を、今の私は実感として思い出すことができない。あれは快楽などではなく、苦痛だったのかもしれない。そんなふうに考えることも、今はできる。

いずれにせよしかし、それが生まれて初めて体験する激しくも妖しい官能であった事実には変わりがない。私は浸り、溺《おぼ》れ、そしてたぶん、狂った。

狂いの果ての深い眠りは、明り採りの小窓から射し込む朝陽と鳥たちの鳴き声によって覚まされた。酒気の残る重い頭を振りながら身を起こした時、女の姿はすでにどこにもなかった。

あれは夢だったのか。

アルコールがもたらした幻覚だったのか。

きっとそうだったのだろう、そうに違いないと云い聞かせつつも、一方で私は、あの女の実在を信じたがっていた。街を歩けば知らず知らずのうちに、道を行く人々の中にあの女を、あの不思議な色の眼を探していた。授業中も、友人と話をしている時も、気がつくと心がうわの空になっていた。

あの夜の出来事を思い出すと、痛いほどに激しく胸が騒いだ。じっとしていられない気分になったがいったいどうしたら良いのか分からず、悶々《もんもん》と時を過ごした。

そんなあの頃の私が、重松の眼に「何か悪いものにでも取り憑かれたみたい」に見えたとしても不思議はない。「何やら女絡みのことだったみたいだが」と彼が云ったのは、私がそのような言葉を彼に洩らしたか、あるいは「取り憑かれたみたい」な私の様子が、恋愛の渦中にいる者のそれに似ていると感じたからなのだろう。

確かにそう、あれは恋だったのかもしれない。現実の存在とも妄想の産物ともつかぬあの女を、私は愛してしまっていたのかもしれない。

仮にそうだとすれば、それは私にとって最初で最後の恋愛だったということになる。なぜなら、十七年半前にこの街を離れてから現在に至るまで、私は恋愛という言葉がふさわしいような感情の昂りを、ただの一度も経験していないのだから。


壊れた扉を抜ける。

ライターの火を明り代わりに灯す。

そして私は、地下室への階段に足を下ろす。

二度めにあの女が現われたのは一ヵ月後、十月のある夜のことだった。空にはまた満月が浮かんでいた。

その時の私はしらふの状態だった。少なくとも、最初の夜のように酒を飲んではいなかったはずである。

日が暮れてから家を抜け出し、屋敷の庭に侵入し、そうして「秘密のアトリエ」へと続くこの階段を降りようとしたところで、だった。降り注ぐ蒼い月光の下、漂う闇をまとうようにして叢《くさむら》の中に立っているあの女を、私は見つけたのだ。

あなたは誰なんです。

私は声をかけたように思う。

誰なんです。どこから来たんです。

女は何も答えず、ただ例の不思議な色の眼で私を見つめた。そして、私が近づこうとすると、ひらりと身を翻《ひるがえ》してその場から逃げだすのだった。

私は女を追いかけた。追いかけはじめた瞬間にはもう、完全に冷静さを失っていたように思う。

すぐに追いついた。後ろから飛びかかり、押し倒し、抱きすくめた。女は悲鳴ひとつ上げず、抵抗らしい抵抗もしなかった。

みずからの欲望を解き放ったあと、私は女の身体から離れ、草の上でほんの一瞬まどろみに落ちた。その一瞬のうちに、女はそこから消えていた。

闇に溶けるようにして。

私は階段を降りる。

一段降りるごとに、記憶を囲い込んでいた壁が少しずつ崩れていく。

さらに一ヵ月が経ち、十一月の満月の夜がやって来た。

父親に気づかれないよう充分に注意したうえで、私は家を忍び出てこの屋敷に向かった。きっと今夜もあの女は現われるだろう。満月という条件だけを根拠にそう期待したわけだったのだが、果たしてそれが裏切られることはなかった。

女は地下室にいた。テーブルの上に裸身を横たえて、私が来るのを待っていた。暗闇に蠟燭の明りだけが揺れる中、女は白い両腕を翼のように広げて私を招いた。私は黙って招きに従い、それこそ物に憑かれたように女の身体をむさぼった。

現実と妄想、その狭間《はざま》のいびつに歪んだ時空にいて、私はそれまでにも増して激しい官能の奔流に呑《の》まれた。狂った私の意識は、世界の内と外に等しく広がり、広がりつづけ、ついには眼も眩《くら》むような閃光《せんこう》とともに弾《はじ》け散った。

叫ぶような声を発して私が果てた時、女もまた、私の上で弓のように身をしならせていた。狂おしい痙攣《けいれん》が鎮まったあとも、私たちはしばらくひとつになったままでいた。ところがやがて——。

女がおもむろに動いた。右手の人差指を突き出して自分の左眼に近づけたかと思うと、そのまま瞼と眼球の間にゆっくりと指先を捩《ね》じ込んでいくのである。

私は朦朧と霞《かす》む眼で、その異常と云えばあまりにも異常な光景を見上げていた。驚いたり恐れたりといった感情は、しかしなぜかしら湧いてこなかった。

呻《うめ》き声ひとつ洩らさず、そのうち女はみずからの眼を抉り出してしまった。見る見る眼窩《がんか》から血が溢《あふ》れ、胸から下腹部へと流れ落ちる。付随した視神経の束を無造作に引きちぎると、女は血まみれの眼球を私の口許に突きつけた。

お食べなさい。

残った右の眼が、私にそう命じていた。

これをお食べなさい。

惚《ほう》けたように半開きになった唇の間に、眼球が押し込まれる。

さあ、お食べなさい。

これがおまえの望んだもの。これがおまえの魂《たましい》を縛りつけていたもの。おまえを閉じ込めていたもの……。

お食べなさい。嚙《か》み砕いて、味わって、飲み込みなさい。消化して、吸収して、そして排泄《はいせつ》しなさい。

舌の上に転がる硬い感触が、不意に生々しく蘇ってくる。口腔《こうこう》に広がる血の味は、とろけるように甘かった。

そうして——そうして私はどうしたのだろう。私はあれを食べたのだろうか。それとも……。

私の意識は、蠟燭の炎が壁や天井に映し出す影とともに昏《くら》く揺れていた。突然どこから か吹き込んできた風に炎が消えると同時に、意識もまた闇に落ちた。

それを最後に、女は二度と私の前に現われることはなかった。

私はその後もしばしばこの屋敷へと足を運んだが、あの女にまた会えるかもしれないと いう期待はもう抱かなかった。街を歩いていてあの女の姿を探し求めることも、友人と話 していてうわの空になることもなくなった。

なぜなのか、どういう意味なのか、明確な言葉で分析するのは難しい。最後の夜を境と して、あの女に対する私の感情はゆっくりと、けれども確実に変容しはじめていた。欲望 に囚《とら》われた荒々しい激情から、畏怖《いふ》を込めた密やかな祈りへと。

いやしかし、それでも依然として私の心が狂いつづけていたことに、何ら変わりはなか ったのかもしれない。

狂いの中で、私はひたすらに絵を描いた。

たくさんのいびつな絵を。

九

階段を降りきる直前になって、私は気づいた。地下室に通じる古い木の扉。わずかに開いたその隙間から、ひと筋の光が洩れ出しているのである。

明り採りから射し込んだ月光だろうかと一瞬、思ったのだが、どうもそうではなさそうだった。ということは——。

誰かがいる?

私は身をこわばらせた。

誰かが部屋の中にいて、明りを灯しているのだ。いったい誰が。まさか——まさかあの女が?

ライターの火を消し、私は恐る恐る扉に忍び寄った。そうして光の洩れてくる隙間にそっと顔を近づけ、室内を覗き込もうとしたところで——。

「……神様」

闇を伝わって聞こえてきた、かすかな声。

「ああ、あたしの神様……」

これは？

「……お願いします。ユイを……あの子の眼をどうか……」

これは、ああ、昨日出会ったあの狂女の声ではないのか。――咲谷美都子。六人の人間を殺害した猟奇犯、吉岡卓治の愛人だったという女。眼のない赤ん坊を産み落としたあげく、精神の均衡を失ってしまったという女。

「……あたしはどうなってもいいから。あたしは……あたしを……」

あの女がいるというのか、この扉の向こうに。

「……だめなのですか。あたしの眼だけでは、だめなのですか。足りないのですか。……ああ神様、お願いです。お願いします。どうかユイを……」

彼女は祈っているらしい。「神様」に向かって、わが子を救ってくれと。「ユイ」というのがきっと、彼女が産んだ問題の赤ん坊の名前に違いない。

しかし「神様」とは？　彼女はこの地下の部屋で、いったい何物に向かって祈りを捧《ささ》げているのだろう。

疑問は妖しい波動となって私の胸をざわめかせた。記憶を取り囲んだ壁の一角が、そしてまた崩れはじめる。

……神様さ。

心の奥底から聞こえてくる声。

……神様みたいなものなんだ、きっと。

ああ、これは私の声ではないか。私自身が、この扉の向こうの部屋で口にした言葉だったのではないか。

私は扉の隙間に眼を寄せる。薄明りの灯った室内を覗き込む。

昔と同じ大きなテーブルが、部屋の真ん中に据えられていた。火の点いた蠟燭が、その上に何本か立ち並んでいた。

咲谷美都子は、テーブルのそばに椅子を置いて坐っていた。乱れた長い髪が見える。蒼白い横顔が見える。弱々しく揺れる蠟燭の光が陰影を刻み、細い頰がいっそう病的にやつれて見える。

胸の前でしっかりと組み合わされた両手。憑かれたような狂おしい眼差しを、まっすぐ前方に向けている。

彼女が見つめている、テーブルの中央に置かれたそのものを認めて、私は慄然《りつぜん》とせざるをえなかった。

奇怪なオブジェが、そこにはあった。
三、四十センチの高さに盛り上がった、灰色の粘土の塊《かたまり》。高熱で形の崩れた釣鐘のような形をしている。そして、その表面の至るところに埋め込まれた、あれは――。
眼だ。

干からびて元の大きさや形状を失っているが、私にはすぐにそうと分かった。

あれは全部、眼だ。人間の眼球なのだ。

思わず閉じた瞼の上に掌《てのひら》を押し当てながら、私は細かく頭を振り動かした。

あれが——いくつもの眼球が埋め込まれたあの不気味な塊が、「神様」だというのか。

彼女の狂った心が祈りを捧げる偶像だというのか。

……おにいちゃん、だあれ。

壁がまた崩れ落ち、新たな声が耳に蘇ってくる。

……ここで何してるの。

……これ、なあに。

……変な絵ね。

きょとんと眼を丸くした子供の顔。それがようやく、今そこに坐っている彼女の顔に重なり合っていった。


十八年前の秋が終わり、冬が訪れ、そうしてあれは年が明けた一月だったか、それとも二月だったか。

寒い日の午後だった。うっすらと雪が積もっていたようにも思う。

例によってこの「秘密のアトリエ」に籠もり、私は絵を描いていた。そこへ、ふらりと迷い込んできた一人の子供がいたのだ。

　五歳くらいの小さな女の子だった。どうしてこんな子供がここに入ってきたのかと、私がたいそう驚いたことは云うまでもない。林の中で遊んでいてあの塀の穴を見つけ、子供ならではの無邪気な好奇心に任せて庭に入ってきて……と、要はそういうわけだったのだろうが。

「おにいちゃん、だあれ」

　子供は怖がる素振りもなく、椅子から腰を浮かせた私に向かって問うた。

「ここで何してるの」

　私はうろたえ、答えに詰まった。子供はぐるりと室内を見まわした。それからちょこちょこと私のそばまで駆け寄ってくると、

「これ、なあに」

　テーブルの上を指さして訊いた。

　そこには、私の絵があった。あの女との最後の夜のあと私がひたすら描きつづけてきたいびつな絵、そのうちの幾枚かが並べてあったのだ。

「変な絵ね。どれもおんなじ」

　子供は小首を傾げた。

「ね、これ何の絵?」

その質問に対して、いくばくかの躊躇《ちゅうちょ》と当惑ののちに私が返した言葉――。

「神様さ」

そう、私は答えたのだった。なかばおのれに云い聞かせるような調子で。

「神様みたいなものなんだ、きっと」

自分の描いたそれらの絵を改めて眺めながら、私は云った。

「それともやっぱり、悪魔なのかな」

「アクマ?」

「悪魔、いや魔女かな。まあ、どれでも同じようなものか」

「ふーん」

「悪魔」や「魔女」ならばまだ分からないでもない。しかしどうして、よりによって私はあの時、「神様」などという言葉を最初に口にしてしまったのだろう。

今ようやく、私は脳裡に映し出すことができる。あの時期に自分が描いた「いびつな絵」の数々、それらがどのようなものであったのかを。

私が描いたのは、あの女の眼だったのだ。

思い出そうとしても思い出せない女の顔の中で、それだけが鮮明な記憶として刻みつけられていた、あの不思議な色をした眼。そして十一月のあの夜、彼女がみずからの指で抉り出したあの眼球。それを――ただそれのみをモティーフに、私は何十枚もの絵を描きつづけてきたのだった。だから、幼い子供にとってそれらが「どれもおんなじ」「変な絵」に見えたのも無理はない。

四角い画用紙の上で、眼球はとめどもなく増殖した。

空に浮かんだ眼。

海に沈んだ眼。

山を埋め尽くした眼、眼、眼、眼……。

あの奇怪な絵たちに、本当に私は「神」を見ていたのだろうか。それとも、単に見知らぬ小さな闖入者《ちんにゅうしゃ》を煙《けむ》に巻くため、深い考えもなしにそんなことを云ったのだろうか。そのあたりの自分の心理を振り返って分析してみるのは、やはり難しい。

ただ、これだけは云えるかもしれない。

あのころ私は――私もまた、祈りつづけていたのだろう、と。それらの絵を描くことによって。不思議な色を湛えたあの女の（ああ、それとも母の？）眼で、自分を取り巻く世界の空虚さを埋め尽くしてしまうことによって。

ひとしきり感心したふうに絵を眺めつづけたあと、子供は「じゃあね」と手を振って部屋から出ていこうとした。

「もうこんなところに来ちゃだめだよ」

私は慌ててそう釘《くぎ》を刺した。それから、

「君、どこに住んでる子?」

尋ねると、子供はまっすぐに階段の方向を指さして、

「あっち」

と答えた。

「帰れるのかい、一人で」

「大丈夫」

「もう来ちゃだめだよ。いいね。それと、誰にもこの場所のことは話しちゃいけないよ」

「どうして?」

「それは」

と、そこでまた言葉を詰まらせたあと、私は子供の顔を鋭く見据え、語気を強めてこう云ったように思う。

「それはね、ここは神様の場所だからさ。むやみに近づくと、ばちが当たるんだからね」

神妙に頷き、そしてもう一度ちらりとテーブルの上の絵に視線を投げてから、子供は部屋から駆け出していった。

あの時の子供。当時五歳だったとして、いま二十二、三歳。——そう。あれがきっと、彼女だったのだ。咲谷美都子だったのだ。

瞼を開いた時、部屋の中の美都子は椅子から立ち上がっていた。

「どうかお願いします」

異形の「神」に向かって、彼女は思いつめたような声を振り絞った。

「お願いします……」

胸の前で組み合わせていた手をほどき、そして彼女は、テーブルの端から何やら鈍く光るものを取り上げた。何だろうかと眼を凝らしてみて、私はぎくりと身を凍らせた。

黒ずんだ柄《え》、そこから突き出た細長い金属の棒。あれは千枚通しか、あるいはアイスピックだろうか。

何をするつもりなのだ、彼女は。

左手で取り上げたその道具を右手に持ち直すと、美都子はわずかのためらいもなく、それを自分の顔に向けた。私は身を凍らせたまま、声を出すことすらできずにいた。

ぎゃあっ！　と、ものすごい叫びが地下の闇を震わせた。道具の切っ先が、彼女の左の眼に差し込まれたのだ。

叫びつつも美都子は、まもなくみずからの眼球を眼窩から抉り出すことに成功した。そうしてそれを震える指でつまみ、テーブルの上の粘土の塊に押し込もうとするのだった。

やがて彼女は、血まみれの手にふたたび道具——どうやらアイスピックらしい——を構える。残った右の眼も、同じようにするつもりだというのか。

「やめろ」

やっとの思いで私は声を発した。

肩で扉を押し開け、室内に飛び込む。だがその時すでに、血をしたたらせたアイスピックの尖端《せんたん》が美都子の右眼に届こうとしていた。

「やめろ。やめなさい」

突然の闖入者に驚いて手許が狂ったのか、それとも左眼の激痛のために力の制御ができなかったのか、アイスピックはまっすぐ彼女の眼球に突き刺さってしまった。角膜が突き破られ、水晶体が破壊され、中からとろりと透明な液体がこぼれだす。

呻き声とともに、彼女はそのまま前のめりに倒れた。両手で握りしめた柄の頭が床につき、そこに彼女自身の体重がかかった。アイスピックがずぶずぶと根元まで突き刺さっていく。ほとんど一瞬にして、その尖端は脳まで達したに違いない。

床に横転し、美都子は激しく全身をわななかせた。動かなくなる寸前、彼女は最後の力で頭を持ち上げ、なすすべもなく立ちすくんでいた私のほうに顔を向けた。

血だまりと化した左の眼窩。深々とアイスピックが突き刺さった右の眼。——彼女に私の姿が見えたはずなど、むろんない。けれどもその時、彼女はまるでそこに私がいることをよくよく承知しているかのように、顔全体を引きつらせてにたりと笑った。

ぞっとするような笑みだった。

そうして美都子が息絶えたあと、私はテーブルの上に置かれた奇怪なオブジェに改めて眼を向けた。

灰色の粘土の塊。埋め込まれたいくつもの眼球……おそらく数は十二個だろう。殺した六人の男女から吉岡卓治が抉り取った眼球なのだ、きっとこれは。

そこに今、新たに加わった眼球がひとつ。

咲谷美都子がみずからの手で埋め込んだその眼の中に、私は一瞬、あの不思議な色を見たような気がした。

十

私の通報によって、その夜の出来事は警察の手に委《ゆだ》ねられた。

あんな場所で事件を発見した経緯については、捜査員たちに対しても、のちに何度か会って話をした重松健徳に対しても、私は本当のところを語ることはしなかった。酔っ払ってあの雑木林を歩いていた、そこでたまたま屋敷の中に入っていくあの狂女の姿を見かけ、不審に思ってあとを尾《つ》けてみたのだが……と。

警察の捜査によって明らかになった、いくつかの事実がある。

咲谷美都子が死んだあの地下室からは、吉岡卓治のものと思われるボストンバッグが発見された。その中には理科の実験室に置いてあるようなガラス壜がいくつも入っていて、それぞれの中身は空っぽだったのだが、鑑識の結果、壜の内側からは微量のアルコール成分が、外側からは吉岡と美都子の指紋が検出された。

このことから、以下のような推測が成り立つ。

吉岡卓治は六人の被害者たちから奪った眼球を、アルコールを満たした壜の中に保存していた。そうしてそれを収めた鞄《かばん》を、愛人であった美都子に預けていたのではないか。その中身が何なのか、美都子はおそらく知らされていなかったのだろうと思われる。鞄の口には鍵《かぎ》が付いていて、それを無理やり抉《こ》じ開けた形跡が見られたからである。

ただ大事なものだからと云われて、美都子はその鞄を手許に置いていた。彼女が鞄を抉じ開けてみたのは、今年の三月に吉岡が殺人犯として射殺されたあとだった。中身を知った彼女はそして、捜査員が自分の許にもやって来るだろうと見越したうえで、それをあの屋敷の地下室に隠すことにした。

警察が正しく解釈できたのは、そこまでであった。

やがて精神に変調を来《きた》した美都子が、あの地下室の中でどうしてあんなものを作ったのか。大量の粘土を買い込んできて、捏《こ》ね上げたその塊に壜の中から取り出した眼球を埋め込んで――。

また、その奇怪なオブジェの前であの夜、どうして彼女はみずからの眼を抉って命を落としたのか。

それらの疑問に対する答えを、彼らは知りようがなかった。ただ「美都子は気が狂っていたので」ということで済ますしか、しようがなかったのだから。――私が黙っている限りは。

三日後の昼過ぎ、私は当初の予定を早めて街をあとにした。

十一

家に帰り着いたのは夜だった。朝方から怪しげだった空模様は列車での移動中も変わることがなく、久しぶりに踏む大都市のアスファルトは夕刻から降りだした雨で黒く濡《ぬ》れそぼっていた。

庭付きの一戸建てである。昨年の夏に手に入れた売家なのだが、その購入に際して、妻の実家のほうから相応の経済的援助を受けたのは云うまでもない。今年の春が終わってから庭に植えた桜の木が、来年になってどんな花を咲かせるか、それが目下のささやかな楽しみであったりする。

妻は実家に戻ったままだった。日程を繰り上げて今日帰ってくることは、知らせていない。旅先で遭遇した事件のことを話すつもりも、私にはなかった。

出迎える人間もなく家に入ると、私は居間に荷物を放り出してソファに寝転がった。ひどく疲れているのが分かった。「静養」に行ったはずだったのにな——と、複雑な想いで独り溜息《ためいき》をつく。

妻に帰宅を告げるのは明日にしよう、と決めた。夕飯はまだだったが、何も食べる気がしない。風呂《ふろ》に入って汗を流す気力も湧かなかった。

今夜はこのまま眠ってしまおう。

窓の外で続く雨音を聞きながら、そう思った。

電話の音で目覚めた。

私はソファの上で眠り込んでいた。何か夢を見ていたようにも思うが、うまく思い出せない。暑くもないのにひどい寝汗をかいていたのは、それが悪夢の部類に属する夢であった証拠だろうか。

酔っ払いのようにふらついた足取りで、私は廊下の電話台へ向かった。かけてきたのは重松健徳だった。

「こんな時間にすまない。無事に帰ってるかどうか、ちょっと心配だったもんでね」

そう云った重松の言葉は、額面どおりに受け取っても良いだろう。あの事件のあと何度か顔を合わせた時、私は相当に塞ぎ込んだ様子であったに違いないから。

「いやはや、ほんとに災難だったなあ。久々に懐かしの街へ帰ってきたっていうのに。それにしてもあの女……」

「もうその話は」

と、私は友人の声を遮《さえぎ》った。

「そうかい。――しかしまあ、せっかくだから二、三、知らせておこうか」

「と云うと?」

「あの女が産んだ赤ん坊なんだがね、名前は由伊《ゆい》っていうらしい。自由の由に伊東《いとう》の伊、と書く。何だか気にしてただろう。きのう会った時も、そのことを」

「ああ……」

「それからあの屋敷だ。何でも近々、取り壊されることになったんだと」

「本当に?」

「やっと土地の買い手が見つかったというんだな。東京の企業らしい」

噂によればだがね、と最後に付け加えるのを重松は忘れなかった。いずれまた機会があれば会おうという約束を交わして、私たちは電話を切った。

居間へ戻る前に厨房《ちゅうぼう》に寄り、グラスと氷を用意した。酒でも飲みたい気分になったのである。買い置いてあったウィスキーをロックで、ひと口ふた口と舐《な》めるうち、ようやくいくらか気持ちが上向いてくる。

外ではまだ雨が降りつづいていた。時刻はもう午前零時を回ろうとしている。天井の蛍光灯が一本、切れかけているようだった。徐々に暗くなってきては、ぱっと元に戻る。

その不規則な明滅が苛立たしくて、明りをソファの横のスタンドだけにした。

そこでふと――。

私は妙な感覚に囚われた。

誰かが私を見つめている。どこかから、粘りつくような視線を私に向けている。そんな気がしたのだ。

思わずあたりを見まわした。しかし、もちろん部屋には私以外の何者もいない。いるはずがない。

半開きになった廊下への扉。庭に面して並んだ窓。臙脂《えんじ》色《いろ》のカーテンの合わせ目が少し開いているが、その向こうには闇に染まったガラスが覗いているだけである。

疲れているな、と改めて思った。

ゆるゆると頭を振りながら、ポケットから煙草を探り出す。グラスの酒を飲み干す。

もう一杯だけ飲んだら、ちゃんと寝間着に着替えてゆっくりと眠ろう。煙草をくわえながらそう決めて、テーブルの上のウィスキーの壜に手を伸ばした。

——と。

そこでまた、私は誰かの視線を感じた。先ほどよりも強く、間近に。壜の蓋《ふた》を開けようとした手を、私ははっと止めた。視線の源がそこに——自分の手許にあると感じたからだ。

わけが分からず、私は壜を覗き込んだ。

透明なガラスの向こうで、琥珀色《こはくいろ》の液体が揺れている。そしてその中に浮かんだ、とろりとした丸い物体……。

……眼球《いい》!?

何でそんなものがそこに入っているのか、その理由を考えるよりも先に、私は小さく悲鳴を上げて壜を放り出した。とともに、激しい悪心が胸の奥から込み上げてくる。

私は居間から駆け出し、口を押さえながら洗面所に向かった。

水道の蛇口を全開にして、洗面台に顔を突っ込むようにして吐いた。さっき飲んだウィスキー以外、胃の内容物は何もない。それでも、嘔吐《おうと》の発作はなかなか治まってくれなかった。

嘔吐物から立ち昇るアルコールと胃液の臭《にお》い。涙と鼻水でぐしゃぐしゃになった顔を水で洗い、ようやく気を取り直して上体を起こした。

今のは何だったのか。

あの壜の中にあったのは、本当に眼球だったのだろうか。

冷静になって考えようとしたところで、三たび私は感じた。誰かが私を見つめている、と。

今度の視線は、斜め上方から注がれているような気がした。まさかと思いつつ、恐る恐る顔を上げる。裏庭に面した小窓が、そこにはあった。そして——。

窓ガラスの向こうに私が見たもの。

闇の中からねっとりとこちらを見下ろしている——あれは、眼だ。ふたつの眼球が窓の外に浮かび、じっと私のほうを見ているのだ。

恐怖が、蜘蛛《くも》の糸のように広がって心を搦《から》め捕《と》った。濡れた顔を拭《ぬぐ》いもせず、私は縺れる足で居間へ逃げ戻った。

黄色いスタンドの明りだけが灯った薄暗い部屋には、ウィスキーの匂いが強く立ち込めていた。さっき壜を放り出した際、蓋が外れて中身がこぼれてしまったのだ。

床に転がった壜に、こわごわ眼を向ける。そろそろと身を屈《かが》め、その中を覗き込む。

先ほど見たようなおぞましいものの姿は、そこには影も形もなかった。

幻覚？　——そうだったのか。

今さっき洗面所の小窓の外に浮かんでいたものは？　あれも幻覚だったのか。

ソファの上に、先ほど吸おうとした煙草が落ちていた。それを拾い上げ、かすかに震える手で火を点ける。深く煙を吸い込みながら、ソファにまた腰を下ろした。床にこぼれた酒の始末をする気にはなれなかった。

まったくどうしたというのだろう。あるはずのないものを見たり、それがショックで嘔吐したり……。

舌に残った胃液の味に顔をしかめながら、私は息を落とす。

早く忘れてしまおう、と思う。もう充分だろう。あの街のことは、あの屋敷のことは、そしてあの地下室で起こったことは、すべてまた心の深みに沈め、厚い壁で囲い込んでしまうのが良い。

明日から私は、おとなしく現在《いま》の生活に戻ろう。

「愛する」ことの意味が分からぬままに結婚した妻を愛し、やがて生まれてくるわが子を愛する努力をしよう。大学へ行って莫迦《ばか》な学生たちの相手をし、上司である義父の顔色を窺い、そうして残った時間で自分の研究に打ち込もう。来年の春、庭の桜が花を咲かせるのを楽しみに待とう。――それが私の現在だ。現在の私が所属する、揺るぎのない現実なのだ。

外の雨音が、いくぶん強くなってきているようだった。私は庭に面した窓のほうへ眼を流した。――と、そこで。

臙脂色のカーテン。その合わせ目から覗いた闇の中に、私はまたもや目撃したのだった。

大人の胸くらいの高さに浮かんでこちらを見つめている、一個の眼を。

叫びそうになるのをかろうじてこらえ、私はソファから立ち上がった。短くなった煙草を灰皿で揉《も》み消しながら、必死になって心を鎮める。

幻覚だ。幻覚なのだ、これは。あるいはそう、誰かがあの窓の外にいて、中を覗き込んでいるだけなのだ。

「誰だ」

私は掠れた声を投げつけた。

「誰だ、そこにいるのは」

その時にはもう、カーテンの隙間には何物の影もなかった。私は小走りに窓のそばまで行き、カーテンを開いた。ガラスに顔を寄せて暗い外の様子を窺ったが、そこには誰もいなかった。

大きな溜息がこぼれた。強くかぶりを振りながら、カーテンを元どおり、今度はわずかな隙間もできないようにきっちりと閉める。そうしてのろのろと踵を返そうとした、その時——。

またしても、だった。

誰かが、いや、何かが私を見つめている。背後から突き刺さるその視線は、これまでより何倍も強く感じられた。

私は振り向き、そして見た。

ソファの前に置かれたテーブルの上に、それはいた。いくつもの死者の眼球が埋め込まれた灰色の塊――あの地下室にあったのと同じ奇怪なオブジェが、そこに。

莫迦な。そんな、莫迦な。

私はきつく瞼を閉じ、絡みついてくる糸を払うようにぶるぶると首を振った。一秒、二秒、と数えてから、ゆっくり瞼を開く。

それはしかし、消えることなくそこにあった。

……神様。ああ、あたしの神様。

咲谷美都子の狂おしい祈りの声が、耳の奥に蘇る。

……お願いします。ユイを……あの子の眼をどうか……。

愛する男を殺人者として撃ち殺され、その男との間にできた赤ん坊の不幸を目の当たりにし、彼女の心は狂った。狂った彼女は、幼い日にあの地下室で見た異様な絵を、それを指して「神様」だと云った私の言葉を、記憶の底から引き出して、みずからの手で奇怪な偶像を作り上げた。そして……。

……あたしはどうなってもいいから。

彼女は信じ、祈ったのだ。

……だめなのですか。あたしの眼だけでは、だめなのですか。足りないのですか。

テーブルの上の異形を、私は大いなる嫌悪を込めて睨《にら》みつける。

美都子はこの「神」を信じた。彼女の歪《ひず》んだ心の中で、この「神」は揺るぎのない現実だったのだ。私は——少なくとも今の私は、むろんそんな「神」の存在など信じない。信じられるわけがない。だが、しかし……。

私はテーブルに歩み寄り、震える両手を伸ばす。

それは、そこに存在した。手で触り、持ち上げることができた。ぬめりとした感触もあったし、ずっしりとした重さもあった。

噴き上げてくる激しい衝動に任せ、私はそれを力いっぱい床に叩《たた》きつけた。塊はひとたまりもなくべたりとひしゃげ、埋め込まれていた眼球が四方に飛び出した。

こんなものは「神」ではない。こんなものは……。

私は息を荒らげて足許を見下ろす。背後でその時、何者かの動く気配がした。

振り返ると、臙脂色のカーテンを背に、一人の女が立っていた。

何も服を着ていない。濡れた長い黒髪が胸許に垂れ、豊かな乳房を隠している。そしてその顔には、左の眼がない。つい今しがたそれを抉り取ったばかりであるかのように、眼窩には真っ赤な血が溢れていた。

残った右の眼が、射すくめるように私を見つめる。黒でもない、茶でもない。決して言葉では表わすことの叶わぬ、まるでこの世界の外から持ち込んだ絵の具を密かに混ぜ合わせて作ったような、不思議な色の眼……。

女の右手には、見憶えのある道具が握られている。三日前の夜、咲谷美都子がおのれの眼球に突き立てた、あのアイスピックと同じものだ。おもむろにその切っ先をこちらへ差し向けながら、女は静かに足を踏み出した。

「……まさか」

身震いとともに、私は呟き落とした。

……だめなのですか。

狂女の声が脳裡に響く。

……あたしの眼だけでは、だめなのですか。足りないのですか。

「まさか、そんな」

……足りないのですか。

「そんな……」

い、い、い、い、い、い、い、い。

彼女の眼だけでは足りない。——だから私を？　私の眼を？

私は慄然と立ち尽くした。

逃げようと思ったが、どうしても身体が動かなかった。文字どおり、射すくめられたように。指一本、動かせない。瞬《まばた》きひとつ、できない。

どうして？

今にも発狂してしまいそうな心の中で、私は叫んだ。

どうして私を？

それに答えるかのように、女はにたりと笑う。死のまぎわに咲谷美都子が見せたのとそっくりな、ぞっとするような笑みだった。

おまえが与えた「神」だから。

不思議な色を湛えた右の眼が、私を見据えてそう語った。

おまえが与えた「悪魔」だから。「魔女」だから。「どれでも同じようなもの」なのだろう？……

女はゆっくりと近づいてくる。

私はその場から動けない。

やがて、鋭く光るアイスピックの尖端が迫ってくる。

蒼ざめた私の、まずは左の眼に向かって。

原稿を読み終えると、一篇の小説としての出来不出来を評価する以前に、わたしは何とも云えない薄気味の悪さと不快感に苛《さいな》まれた。

いったい何なんだろう、この小説は。

デスクの上に冊子を投げ出し、新しい煙草に火を点ける。表紙に並んだ不揃いな題字を眺めながら、わたしは思う。

本当にこれは、倉橋実が書いたものなのだろうか。それとも……。

物語の語り手である「私」は、倉橋茂という名前を持っている。実ではなく、茂。大阪万博と大学紛争に関する記述から、時代は一九七〇年頃だろうと察せられる。

ここで極端な仮説を立ててみよう。

仮にこの物語が単なるフィクションではないとしたならば、どういうことになるか。当時三十五歳だった倉橋茂というこの男性は、今も生きていれば六十前。この話の直後に子供が生まれたとして、成長したその子の年は二十二、三……。

倉橋茂とはつまり、倉橋実の父親なのではないかと考えてみるわけだ。そしてこの小説は、倉橋実が独自に創作した架空の物語ではなく、彼が自分の父親から聞いた実話をもとに書いたものなのではないか、と。

学生時代、倉橋の家を訪れた時のことを思い出す。

庭には見事な桜が咲いていた。縁側の籐椅子に、白髪の初老男性が坐っていた。犬を一四、足許に従えていた。

『盲導犬なんです』

倉橋はそう云っていた。

『父は眼が見えないんですよ』

そう。彼の父親は盲目だったのだ。


読んでください。

夜中に、一人で。


便箋に記された文章を見やる。

このメッセージには、何か意味があるのだろうか。

時刻はもう午前一時に近い。指定どおりの夜中に、わたしは一人でこれを読んだわけだけれど。

外では相変わらず雨が降っている。

何とも云えない薄気味の悪さと不快感。

煙草を揉み消しながら、わたしはその原因を探る。——いや、そんなのは探るまでもないことか。問題は歴然としている。

由伊。

作中、咲谷美都子という女が産んだ子供の名前。生まれつき両方の眼球が欠損していたという不幸な赤ん坊の名前。

由伊。

これはわたしの名前ではないか。

もちろん倉橋実は、わたしの名前が手塚由伊であることを承知していたはずだ。承知していて、作中の赤ん坊に同じ名を付けたわけだ。そんなにありふれた名ではないから、うっかり使ってしまったなどという云いわけは通用しない。

仮にこの小説が倉橋茂の体験談に基づいたものであったとして、では、話はどうつながってくるか。

わたしは不快な想像を巡らせる。

咲谷美都子の死後、そして倉橋茂がここに記されたような怪異に見舞われたあと、U＊＊市の隣町の病院に収容されていた美都子の娘、由伊は、生まれつき欠けていた知覚機能を突然に獲得した。まさに奇跡のごとく。

引き取ってくれる親戚もなく、その後、由伊は施設で育てられることとなる。そうしてやがて、子供のいないある夫婦の養女として迎えられた。

『あなたは運の強い子だから』

成長した彼女に対して、養母はよくそんなふうに云った。

『あなたはね、神様に特別に愛された子なんだよ』


事実を確かめることは難しくはない。

倉橋に会ってちょくせつ問いただしてみるのが、たぶん最もてっとりばやい方法だろう。そもそもわたしはどこの施設から貰われてきたのか、どういう出自の子供だったのかを、郷里の父母から訊き出してみてもいい。あまり気は進まないけれど。

莫迦莫迦しい話だ。真面目に取り合うだけ損かと思う。

冊子と便箋を封筒に突っ込み、部屋の隅に放り捨てる。空になってしまった煙草の箱を捻《ひね》り潰し、椅子にもたれこんでデスクの脚を蹴《け》る。低い軋みを洩らしながら、ゆっくりと椅子が回転する。

そこで、ふと――。

わたしは妙な感覚に囚われた。

誰かがわたしを見つめている。

角川文庫版あとがき

『眼球綺譚』は一九九五年の十月、今からもう十三年余り前に親本を上梓《じょうし》した、僕の初めての短編集である。

一九八七年のデビュー以来、しばらくは長編ミステリの書き下ろしを優先的な仕事としてきたので、なかなか短編を書く機会がなかった。いや、「機会がなかった」のではなくて、依頼があってもなかなか引き受けられなかった、というのが正確なところだろう。

そもそも当時、「綾辻行人」には「新本格ミステリの旗手」的な商標《ラベル》が強く貼り付いていたため（現在もその状況に大きな変化はない気がするが）、小説誌からの原稿依頼もやはり、「本格ミステリの短編を」というケースが多かった。だが正直、どうやれば面白い短編が書けるのか、当時の僕にはよく分からなくて（現在もこの事情に大きな変化はない気がするが）、だから気軽にお引き受けすることもできなかったわけである。

そんな中で、怪奇小説・幻想小説のたぐいであれば自分にも書けるのではないか、という思いがあった。十代の一時期にもっぱら書いていたのが、そのような短編の習作だったからである。そこで、一九九二年の「呼子池の怪魚」を皮切りに、ぽつぽつとその手の作品を雑誌に発表するようになっていった。一九九四年に発表した百二十枚の中編「眼球綺譚」を表題として、それらを一冊にまとめたのが本作品集である。

一九九五年と云えば、瀬名秀明《せなひであき》『パラサイト・イヴ』と鈴木光司《すずきこうじ》『リング』『らせん』の大ヒットによって一躍、ホラー小説というジャンルが脚光を浴びた年だった。その同じ年に刊行の運びとなった『眼球綺譚』の親本では、帯背に「恐怖《ホラー》短編集」という文字が並んでいた。一方、同書の「あとがき」において僕は、「作者自身は『怪奇譚』『幻想譚』とでも呼ぶのが一番しっくりする」と述べているが、だからと云って「ホラー小説」と呼ばれることに抵抗があったわけではまったくない。

ホラー小説でありながらもしかし、本書に収められた作品はおおむね推理小説《ミステリ》的な手法を用いて書かれている。「謎→解決」の流れを物語の縦糸に置きつつ、ラストにはちょっとした意外性が用意してあって、という構造。だからまあ、大雑把にこれらを「ミステリテイストのホラー」と云ってみても差し支えはないだろう。

集英社文庫版の刊行が一九九九年の九月。それから九年余りが経ってこのたび、角川文庫で再文庫化の機会を得た。集英社文庫版を底本としながら、細かな改訂を加えたテクストになっている。これをもって当面、『眼球綺譚』の決定版としたい。


さて、この作品集の「お約束」として以下、若干の「注意書き」を添えておかなければならない。

まず、収録作七編には必ず「由伊《ゆい》」という名前の女性が登場する。この女性の作中での役割はさまざまで、普通に読めば「彼女ら」が同一人物だとはとうてい考えられないはずである。

そのような趣向を凝らした意図は？　と訊《き》かれたとして、ここで明確な答えを示すつもりはない。読み手の自由な想像に委《ゆだ》ねられるべき問題だろう、と思うので。

次はひとつ、お願いを。

本書に収録された七編は各々に独立した物語だが、できれば並べられたとおりの順番でお読みいただきたい。それなりの効果を狙って決めた並び順なので。

また、これは「注意書き」と云うよりも作中の記述に関するお断わり、なのだが——。

巻頭作「再生」において、由伊が患う脳の病気として「クロイツフェルト・ヤコブ病」の名が出てくる。ご存じのとおり現在では、この疾患については異常プリオン原因説が有力視されており、ＢＳＥ（いわゆる狂牛病）との関係も常識となっているわけだが、「再生」を執筆・発表した一九九三年当時はまだこのような状況は存在せず、作中の記述もその時点で一般的であった資料に頼っている。年号の明記はないが、物語の時代設定もほぼその当時を想定している。

この点については今回、どうしようかといささか迷った。時代設定を変え、現在の医学的知見を取り入れて書き改めるべきか。あるいはいっそ、『最後の記憶』における「白髪痴呆《ちほう》」のような架空の病気に差し替えてしまうか。――迷った末にしかし、これはやはり発表時のままにしておこうと決めた。理由はいくつかあるが、ここには記さない。

それからもうひとつ、作中の「痴呆症」「看護婦」などの語句についても、これらを「認知症」「看護師」などに書き換えることはしていない。「一九九〇年代前半の物語」という設定なのだから当然……と、ご理解いただきたい。

今回の作業を通じ、各収録作について新たに思うところも少なくなかったのだが、それらをいちいち記すのも何やら野暮な気がする。ただ、いずれまたこのような方向性のホラー短編に取り組んでみてもいいな、という気持ちになったことだけは書き留めておこう。

本書と時期を合わせて、漫画家・児嶋都《こじまみやこ》さんによる『眼球綺譚―COMICS―』が同じ角川文庫で刊行される予定である。基本は原作に忠実なコミカライズでありつつも、そこに児嶋さんならではの解釈と漫画表現ならではのアレンジが加わった傑作だと思う。この機会にぜひ、そちらにも手を伸ばしてみてください。

二〇〇九年　一月

綾辻行人

解説　去勢する女

風間賢二

未知の作家の作品との遭遇は人それぞれだが、普通、書店で思わず現物を手にとってしまうとき、それはカバーの魅力につられてということが多いのではなかろうか。

しかし、ぼくの場合、綾辻行人作品とのファースト・コンタクトをカバーの功績に帰するわけにはいかない。そのタイトルだった。

まずは、中編集『フリークス』。もちろんぼくの念頭をよぎったのは、公開当初に見世物小屋の本物の奇形児を多数出演させているとして物議をかもし、その後三十年も上映禁止となった（現在ではハリウッド・ゴシックの古典的名作としてカルト的人気を博している）トッド・ブラウニング監督の『フリークス』（1932年）である。

しかも、綾辻作品の『フリークス』は、パラパラと立ち読みしたところ、精神病院を舞台に狂人をキャラクターに配している。おおっ、いいのか、だいじょうぶなのか、出版社!?　いまや表現の自由はどこまで許されているのだ？　といった好奇心炸裂《さくれつ》で、そのまま『フリークス』をあたかもエロ本であるかのごとく隠し持ってレジに直行した記憶がある。

つぎにタイトルで思わず手を出してしまった作品が本書『眼球綺譚』だった。すでに『フリークス』読了後だったので、綾辻行人は未知の作家ではなかったが、当時（今世紀初頭）、ぼくは和製ミステリには関心がなかったので（というか、ミステリにかぎらず、当方の読書内容は洋物一辺倒だった）、かれの〝新本格〟もの〈館《やかた》〉シリーズや〈囁《ささや》き〉シリーズにはまったく見向きもしなかったのだ。その後、綾辻行人の和製スプラッターの最高傑作と称すべき『殺人鬼』を読む機会を得て、あらためてかれの才人ぶりを思い知らされるのだが、それでもなお今日にいたるまで、綾辻ミステリ作品には触れていない（スイマセン）。したがって、あらかじめここで断っておくが、ぼくはホラー作家としての綾辻行人しか知らない。本領であるミステリ作家、綾辻行人に関しては完全に勉強不足なぼくが語ることであるからして、これから綴《つづ》られる文章は、話半分として、あるいはきわめて個人的な妄想として、いや眉唾《まゆつば》ものとして楽しんでいただければ幸いである。

で、ぼくがハッとさせられた短編集『眼球綺譚』に話を戻すと、個人的にはこのタイトルをひと目見て想起したのは、ジョルジュ・バタイユの形而上学的《けいじじょうがく》ポルノ『眼球譚』だった。例によって、表題作をパラパラと立ち読みをしてみると、濡《ぬ》れ場はあるし、残酷そうだし、グロっぽい。おおっ、いいのか、だいじょうぶなのか、出版社!? いまや表現の自由はどこまで許されているのだ？　といった好奇心炸裂で、そのまま『眼球綺譚』をあたかもエロ本であるかのごとく隠し持ってレジに直行した記憶がある。

本書をすでに読了している人ならおわかりのように、表題作とバタイユの『眼球譚』との直接的な類似点はない。むしろ、フランス十九世紀末のデカダン作家ジャン・ロランの長編『フォカス氏』や渡辺啓助の短編「偽眼のマドンナ」のほうにテイストは近い。たとえが一般的でなくて申し訳ない。当方はフランス文学青年くずれであり、好んで読む日本人作家といえば「新青年」およびその周辺の人たちのものばかりなので、あしからず。

しかし、バタイユの『眼球譚』と本書の表題作とはストーリー上の類似は皆無だが、実は眼球で通底しているテーマがある。

「エロティシズムとは死に至るまでの生命の肯定である」とか「エロティシズムとは死のなかに見出《みいだ》される生命の肯定である」とか述べるバタイユ独自の形而上学的エロティシズムを物語として開花させた作品が『眼球譚』だ。そのなかでバタイユは、眼球＝玉子＝睾《こう》丸《がん》のオブセッションにとらわれた少女シモーヌを描いている。そのヒロインが自分の性器に玉子や牛の睾丸を挿入し、あげくに女ともだちからえぐりとった眼球をはめこむ有名なシーンがある。シモーヌの股間《こかん》を覗《のぞ》き込むと、逆に目玉に睨《にら》み返されてしまうといった図だ。その問題の箇所を生田耕作は次のように訳している。

「私の眼は、恐怖で逆立つように思われた。シモーヌの毛むくじゃらの陰門のなかに、私は見たのだ。マルセルの薄青色の眼が小便の涙を垂らしながら私を見つめているのを。湯気立つ毛叢のなかを幾筋も伝い流れる腎水が、その幻覚に悲痛な哀しみの性格を添えるのだった」

女性性器に嵌《は》め込まれた眼球というイメージは原書刊行時（1928年）にはかなり衝撃的だったろうが、今日ではエロはいうまでもなく、アート写真としてもこの手のアイデアは普及していて、花に模した女性性器表現も同様だが、どちらかといえば陳腐なエロティシズムの表象となっている。女性の唇の形と性器、あるいは耳の形と子宮とを照応させるとか、そんなメタファーを用いてアートとか称している作品はもはや凡庸の極みだ。

ともあれ、ここで問題にしたいのは眼球＝玉子＝睾丸といったシンボリックなオブジェである。ようするに、眼球をえぐりとるということは去勢を意味する。なんだ、それってフロイトじゃないか、そんなことを言いだすおまえこそ凡庸かつ陳腐だ、というツッコミは先に自分でしておく。

眼球摘出＝睾丸摘出（男根切除）の物語といえば、ドイツ・ロマン派の作家E・T・A・ホフマンの『砂男』（1816年）だろう。いつまでも眠らないでいると、砂男がやってきて目玉に砂をかける。すると目玉は血だらけになってドロリと飛びだしてしまう。そんな伝説を幼少のころに聞かされてトラウマを抱え込んだ青年の狂乱じみた悲劇が『砂男』である。

そして、この怪奇幻想小説の名作を解釈した古典的論文としてフロイトの『無気味なもの』(1919年)が知られているが、〝無気味なもの〟は、現在ではホラー小説を解読するときの基本的なキー・タームのひとつとして重宝されている。ホフマンの『砂男』とフロイトの『無気味なもの』を合本にして訳出した便利な一冊がある。『砂男/無気味なもの』(河出文庫)がそれで、訳者の種村季弘は解説で無気味なものを次のように簡潔に説明している。

「自然、故郷、家庭、身体、あるいはもっと小さい規模でなら女性性器。この〝最初にいた場所〟から疎外されること。第一次ナルシシズムの発顕を思うさま叶えてくれたアット・ホームな、つまりは heimlich な場所の喪失という〝第一次ナルシシズムの抑圧〟が、ひるがえって unheimlich な感情を生む。これがフロイトの〝無気味なもの〟に一貫するモチーフである」

ちなみに、ドイツ語の heimlich とは、〝なじみのある〟とか〝慣れ親しんだ〟といった意味。それに否定を表す un が頭につくと、当然、意味は逆になる。ただし、ニュアンスとしては、かつては〝なじみがあって、慣れ親しんでいたもの〟であるはずなのに、いまは〝見知らぬ得体のわからぬもの〟のように思える、といった感じ。それが無気味なものだ。つまり、「過去に抑圧されていたものが現在に噴出してきた状態」である。

「〝第一次ナルシシズムの抑圧〟が、ひるがえって unheimlich(無気味なもの)な感情を生む」時期が、いわゆるエディプス・コンプレックス、去勢不安を生む。つまり、母なるもの（自然・本能・意識の混沌《こんとん》・周縁）から離脱して父なるもの（文化・社会・象徴秩序・中心）の世界へ参入するたいせつな段階である。したがって、記憶を掘り起こしていくと、必然的に少なからず、〃抑圧されていたものの蓋《ふた》〃を開くことになり、無気味なものと遭遇する。つまりは去勢不安と。

「眼球綺譚」の作中作では、穴を潜《くぐ》り抜けて広大な館の地下室を発見（母胎内回帰だ）。そこを〃秘密のアトリエ〃とし、タバコと酒、そしてセックスを覚えてゆく主人公が語られる。もちろん、その相手は母親（らしき女性）だ。そして差し出される眼球。「さあ、お食べなさい。これがお前の望んだもの」という言葉とともに。

だが、本当におそろしいのはこれ以降のことで、その正体不明の女性はいわゆるファリック・マザー（男根願望＝権力志向の強い母親）なのである。この場合、男根とは実際のペニスのことではなく、社会・文化における権威・権力のこと。父権社会のなかでは、「私が掟《おきて》だ、私が法だ」というのは、あくまでも父親（男性）であり、同様のことを母親（女性）が求めると、それは怪物的な女性と呼ばれて忌み嫌われることになる。

ファリック・マザーは、権力のシンボルとしての男根を自分は生まれながらに去勢されていると悟ったがゆえに、子どもをペニスの代用として扱う。また、男根を持ち得ないことの憤怒によって、〃去勢された〃女から〃去勢する〃女へと変貌《へんぼう》する。ヒッチコック監督の『サイコ』やピーター・ジャクソン監督の『ブレインデッド』に登場する母親が典型的なファリック・マザーだ。神話伝説上の〈歯の生えた膣《ちつ》〉やゴルゴン（この怪物は女性性器、それも〈歯の生えた膣〉が具現化したもので、それがために男はひと目見ただけで石像に変化＝勃起《ぼっき》する）から女吸血鬼、ファム・ファタール、ナイフ（斧《おの》やチェインソーなど）を持った女殺人鬼など、みなファリック・マザー＝怪物的な女のメタファーである。

人はみな、プレ・エディプス期から去勢不安を経てポスト・エディプス期に至り、個性化の過程をぬけて立派な社会人となる。そのさい、文明社会の一員たるために棄却されなければならないのが母性原理なのだ。つまり、「アイデンティティ、体系、秩序を擾乱し、境界や地位や規範を重んじないことども。つまり、どっちつかずのもの、両義的なもの、混ぜ合わせ」といった、ジュリア・クリステヴァが主張するアブジェクト（主体＝サブジェクトでも客体＝オブジェクトでもないもの）だ。

「〈母親〉から離れること、〈母親〉を恐怖としてコード化する度合いが文明の尺度になっている」とは、クリステヴァの有名な言葉である。したがって、アブジェクトなるものを棄却する行為、すなわちアブジェクションは、男女の別を問わず、ひとりの人間が母性＝自然から離脱して父性＝文化の体系に従属するための重要な踏み台となっている。個人史において、アブジェクションに失敗し、母性原理に貪《むさぼ》り食われ、飲み込まれることこそが何よりも恐怖なのである。でも、当人にとっては、母胎内回帰はユートピア状態である。自他の区別のないまどろみと安寧のナルシシズムの世界。この最強の誘惑をしりぞけるためには、かなりの犠牲と苦痛をともなう。

そのように考えた場合、本書の諸作品に登場する咲谷由伊と名づけられている女性は、ファリック・マザー、ないしはモンスターとしての女性のメタファーとして読める（ただし「眼球綺譚」の場合は……詳説するとネタばれになりかねないので、口をつぐむことにする）。その意味では、本書は綾辻版『富江』（伊藤潤二作）と言えるかもしれない。スタイルとしては、石井隆の『名美』に近いが。まあ、ひとりの女性が同一人物であろうが別人であろうが（主役であろうがわずかにしか登場しない脇役であろうが）、あるひとつのタイプを表象していることに変わりはない。

本書収録の作品は、由伊という名の女性が共通して登場するほかは、それぞれ独立した物語となっている。言うまでもなく、短編集は連作でないかぎり、気になるタイトルから読み進めればいい。いずれの作品もホラーにありがちな雰囲気だけで終わってしまい、なんだかよくわからん、といった話は本書では皆無だ。すべてになんらかの仕掛けや驚愕《きょうがく》のオチが控えており、昨今流行の〝奇妙な味〟とか〝異色短編〟の最良の部分を堪能《たんのう》できる、優れて技巧的なストーリーばかりだ。個人的には、懐かしの「ミステリー・ゾーン」タイプの短編をちょいとスプラッターにした感じ、あるいは「新青年」系の作家のエロ・グロ短編をモダンにした趣があって、本書はお気に入りの和製ホラー短編集の一冊となっている。

だが、作者も「あとがき」で述べているように、頭から始めて最後の表題作にたどりつくのが理想的な楽しみ方だと思う。というのも、最初の短編「再生」で語られる〈変容〉に始まって〈妊娠〉、〈切断〉、〈列車〉、〈過去〉、〈記憶〉といった見え隠れするモチーフが次の作品へと継承されてゆき、最後の表題作で重層音となって華麗なフーガを奏でているからである。

もちろん、それは作者の意図したことかどうかは知らない。これまたぼくの単なる妄想である。〈変容〉や〈妊娠〉は男が逆立ちしてもかなわないがゆえにもっとも畏怖《いふ》する女性の神秘的能力である〈再生産・増殖〉を、〈切断〉や〈列車〉は〈去勢不安〉を、〈過去〉や〈記憶〉は〈抑圧されたもの・棄却されたもの〉を表象しているがゆえに、やはり本書は、由伊という普遍的な怪物としての女性にまつわるホラー作品集なのだといった見解も、やはり個人的な戯言《たわごと》である。

最後にひと言、咲谷由伊は、綾辻行人の初の本格ホラー長編として話題になった『最後の記憶』（角川文庫）にも登場するので、本作で彼女に興味を持ち、あらたな由伊の過去を知りたい読者はぜひ一読のほどを。ミステリ（合理）とホラー（非合理）、そしてSF的想像力（トンデモ奇想）が見事に融合され、しかも情感溢《あふ》れる稀有《けう》な作品である。

○初出一覧

「再生」……………………『野性時代』一九九三年五月号
「呼子池の怪魚」…………『小説ｎｏｎ』一九九二年八月号
「特別料理」………………『小説すばる』一九九五年七月号（「《ＹＵＩ》」改題）
「バースデー・プレゼント」…『野性時代』一九九四年二月号
「鉄橋」……………………『小説ｎｏｎ』一九九四年十月号
「人形」……………………『小説中公』一九九四年八月号
「眼球綺譚」………………『小説すばる』一九九四年十一月号

初刊　一九九五年十月、集英社
本書は一九九九年九月刊行の集英社文庫版に若干の手を加えた改訂版です。

眼球綺譚《がんきゅうきたん》

綾辻行人《あやつじゆきと》

平成21年 1月25日　初版発行
平成30年 5月15日　12版発行

発行者●郡司 聡

発行●株式会社KADOKAWA
〒102-8177　東京都千代田区富士見2-13-3
電話 03-3238-8521（カスタマーサポート）
http://www.kadokawa.co.jp/

角川文庫 15512

印刷所●旭印刷株式会社　製本所●本間製本株式会社

表紙画●和田三造

ISBN978-4-04-385503-2　C0193